迷走★ハニーデイズ

Nene & Takashi

葉嶋ナノハ

Nanoha Hashima

EB

エタニティ文庫

目次

迷走★ハニーデイズ 5

書き下ろし番外編
幸せの記念日 339

迷走★ハニーデイズ

1　夜空に瞬(またた)くこんぺいとう

夕暮れの空に、こんぺいとうのような星がひとつ、きらきらと輝いていた。

友人宅からの帰り道を、同級生の男子と並んで歩く。黙っているのが恥ずかしくなって、私——伊吹寧々(いぶきねね)は口をひらいた。

「さっき、録画の最後に出てきたコンサートホール……素敵だったよね」

「軽井沢(かるいざわ)の？」

「そう。あんな素敵なところに行ってみたいな。私、学校の鑑賞会以外でオーケストラを聴きにいったことないんだ」

「へえ、そうなんだ」

「神谷(かみや)くんはあるの？」

「あるよ」

「いいなぁ」

中学校の吹奏楽部の練習がない日、帰りに皆で部活仲間の家に寄った。吹奏楽とオーケストラの番組を複数録画している友人が、ちょっとした鑑賞会をひらいたのだ。

「もう少し大人になったら、あのコンサートホールへ一緒に行こうよ。僕が連れていくから」

「ほんと!?」

「ああ、約束する」

優しく笑ったその表情に、私の胸が熱くなる。

「嬉しい。絶対に忘れないでね」

「忘れないよ。伊吹さんこそ忘れないでね」

「うん、忘れない……！」

もっと何か言いたいのに、彼の笑顔を見たらドキドキして言葉が出てこなくなってしまった。

だって、隣を歩いているのは、私がずっと片思いしている人だから。トランペットが上手で、いつも落ち着いている、とても素敵な憧れ（あこが）の、初恋の人――

懐かしさとともに目が覚めた。

「……夢、かぁ」

ごろりと寝返りを打ち、カレンダーを見る。今日は七月最初の金曜日だ。

何だか、いつもより朝日が眩しい気がした私は、慌てて枕元のスマホを手に取った。

「嘘っ！　アラーム気づかなかった！　遅刻しちゃう！」

どたばたと身支度を終えて、小さな仏壇の前に滑り込む。昨日職場でもらったお土産のクッキーを素早く仏壇に置いた。正座をして手を合わせる。

「お父さんお母さん、ごめん！　今日クッキーしかないや。行ってきます！」

遺影の中にいる両親に笑われた気がするけど、気にしない。

アパートのドアを開けて飛び出した私は、曇り空を見上げた。梅雨もそろそろ半ばすぎ。バッグの中の折り畳み傘を確認して、駅までの道を走り出す。

どうして今朝は、あのときの夢を見たのだろう。

夢の中で話していたのは、神谷くん。中学の吹奏楽部で一緒だった、同級生の男子だ。

彼とは、あの約束のあと、すぐに会えなくなってしまった。

理由は、あの日の直後、中学三年の夏休み初日に、私の両親が事故で他界したからだ。

私にはきょうだいがいない。祖父母も既に亡くなっていた。私は、ほぼ面識のない遠くの親戚に引き取られることになり、友人らと挨拶する間もなく、突然に中学校を去った。

親戚宅でいじめられはしなかったが、息苦しさを感じた。それで私は高校卒業後、寮のある職場に就職をし、親戚の家を出た。そしてお金を貯めて、二十歳のときに中学まで暮らしていた東京へ戻ってきたのだ。

こんなふうにすごしてきた私の一番の思い出は、中学時代のこと。特に吹奏楽部の活動は、夢に現れた星のように今でも心の中で輝き続けている。

初恋の彼、神谷くんのことも同じかもしれない。私は男性と付き合い始めても、どうにもうまくいかなかった。いつまでも心の隅で初恋を燻らせて、ことあるごとに神谷くんの面影を追ってしまうせいだろう。

こういうのを初恋コンプレックスとでもいうのかな。あれから十年以上経っても未だに夢に見るなんて笑ってしまう。重症もいいところだ。

それはともかく、上京した私はまずは下町の工場の事務をし、その後、中小企業の事務に転職した。

部活の影響で今でも音楽が好きな私は、働きながら音楽にかかわる仕事を探していた。

そして二か月前、ついに楽譜や音楽雑貨を扱う店で働き始めることとなったのだ。

職場のある駅で電車を降りた私は、小走りで店に向かった。

どうやらぎりぎり間に合いそうだ。ホッと胸を撫でおろして、店舗の裏から事務所に入る。

「伊吹さん、これ最後のお給料ね。今回は振り込みなしだって」

更衣室に行こうとした私に、マネージャーの山田さんが封筒を差し出した。受け取ったそれには伊吹寧々様と、私の名前が書かれている。

「……は？」

「業績不振が続いて経営破綻。まぁいわゆる倒産ね。退職関係の書類はあとで家に送付されるそうよ。社長は今、銀行と取引先を回ってる」

「えっと、え？　私、解雇ってことですか？」

「そうよ。私も含めて漏れなく全員、今日でおしまいだって。伊吹さんはこのまま帰っていいよ。皆にもそうしてもらった。私もここの整理が終わったら帰る。短い間だったけど、お疲れ様ね」

「……お、疲れ様、でした」

私は放心状態で返事をする。有無を言わせない雰囲気を感じ、封筒を握りしめたまま抵抗もできなかった。

いくら何でも急すぎない？　まだ勤め始めて二か月なんですけど。やっと仕事を覚えてきて、皆とも仲よくなり始めたところだ。何より、雑貨とはいえ念願の音楽に携われる仕事だったのに……！

考えれば考えるほど頭が火照ってくる。抗議しようかと思ったけれど、社長がいないのではらちが明かない。

込み上げた怒りをどうにか呑み込み、外に出た。アスファルトの湿った香りが鼻をくすぐる。

「雨？」

広げた折り畳み傘の下、駅に向かいながら私は悶々と考えた。

経営破綻寸前だったのなら、どうして私を採用したんだろう。あまり、あと先考えない社長だったのだろうか。退職後のこと、きちんとしてくれなかったら訴えてやるんだから。

一応貯金はあるし、しばらくは大丈夫なはず。でも悠長に構えてはいられない。すぐに次を探そう。できればまた音楽に関係した仕事に就きたいし。

家の最寄り駅まで電車で移動し、私は家路を急いだ。改札を出たときから雨足は強くなっている。あちこちにできた大きな水たまりのせいで、とても歩きにくい。気のせいか、急に気温が下がってきたようだ。

「昼前だっていうのに薄暗いし、雨はひどいし……無職だし。もう、どうしろと」

ぼやきながらアパートまで戻り、ドアを開ける。次の瞬間、私は愕然とした。

狭い玄関の三和土が水で湿っている。入ってすぐのキッチンの床も水浸しだ。

「ちょ、ちょっとやだ、何これ!?」

雨のせい？　でも家の前の道は普通に歩くことができた。冠水なんかしていない。ということは、どこかから水漏れしてる!?

慌てて靴のまま家に上がった。

キッチンの蛇口は閉まっている。すぐ横の扉を勢いよく開けてみるが、ユニットバスの蛇口からは何も出ていない。トイレでもない。恐る恐る引き戸を開けて六畳の洋間を見る。そこはキッチンよりもひどい有様で、床全体に水が広がっていた。

私はおろおろしながら、急いで大家さんと管理会社に連絡を入れる。

「ありゃー、これはひどいね。何が原因だろうか。お二階さんとお隣さんにも声かけてくるわね」

近所に住む大家さんは、急いで管理会社の人ときてくれた。そして私の部屋を見て驚く。

「これ、もしかすると二階の配水管から漏れて壁を伝っている可能性がありますね。天井と壁の一部にも水が染みていました。うちと取引のある業者が全て別件で出ているもので、早急に別の業者を呼んでいます。お時間をいただいて申し訳ありませんが……」

部屋の奥を調べていた管理会社の人が頭を掻きながら言った。

「どれくらいかかりますか？」

「ここに到着まで三、四十分ですかね～。それから調べてもらうんで二時間以上は必要かと。年数が経っている建物ですので時間がかかりそうです」

「じゃあ……携帯へ連絡をください。私はどこかで時間を潰していますので」

「本当に申し訳ありません。業者が到着しましたら、すぐにご連絡します」

戻ってきた大家さんに管理会社の人の言葉を伝えると、彼女は私に言った。

「業者さんが到着したら私が対応するわ。伊吹さんも、いちいち戻ってくるのは大変でしょう。部屋の今後の見通しがついたら、すぐに連絡するわね」

「すみません。よろしくお願いします」

とりあえず私は、部屋においてあった貯金通帳とはんこを小さなバッグに入れた。降り続く雨の中、駅への道を戻る。

どうしてこうも次々と嫌な日に遭うのだろう……

今日は私の二十九回目の誕生日なのにな。こうなったらケーキのやけ食いでもしちゃおうか。それよりも、もしかしたら今夜寝るところがないかもしれないんだから、先にビジネスホテルを探したほうがいいかもしれない。でも、その前に次の就職先を――

「きゃっ！」

通りすぎる車が水しぶきを上げた。

霧が立ち込めたように視界が真っ白になり、咄嗟に横へ飛び跳ねる。歩道を歩く私のグレーのパンツが、右側だけぐっしょりと濡れてしまった。

「もう信じられな、い……ん？」

傘の柄を両手で握っていることに違和感を覚える。私、バッグどうしたんだっけ……？

「う、嘘でしょ？　何で持ってないの!?」

管理会社の人にスマホの番号を教えたときは絶対に持っていた。でも、そのあとのバッグの記憶が全くない。いろいろとショックなことがあってぼうっとしていたせい？　あのバッグには今日受け取ったばかりのお給料と通帳やはんこ、クレジットカードや財布が入っている……！

さっと血の気が引き、足元がぐらりと揺れた。立っているのがつらいほど気が動転している。

どうしよう、どうすればいい……？

すれ違う人が私にぶつかる。顔を上げた私は、目についた近くの交番によろめきながら駆け込んだ。

「す、すみません！　失くしものをして……バッグなんですが、中にお給料と、あ、あと、通帳とカードも……！」

「はいはい、とにかく座って落ち着いて。お話聞きますから」

「あっ……はい」

年配のお巡りさんは慣れっこといったふうな対応で、私に椅子へ座るよう促した。

ボールペンと用紙を差し出される。

「ここに連絡先と失くしたもの書いてね。カード類や現金はなるべく詳しく。これ、よかったらどうぞ」

「すみません。ありがとうございます」

ペンと一緒にタオルも渡され、濡れたパンツを拭く。髪も湿っていた。お巡りさんの優しさが身に沁みる。

「家は近いんだね。これなら財布がなくても帰れるかな?」

「そう、ですね。とりあえずポケットにスマホとICカードがあるはずなので」

ポケットの中身を確認する。スマホケースにICカードと免許証が入っていた。

「カード類の紛失の連絡は早急にしておいてね。電話番号は携帯で調べられるよね? それともここで調べて電話していく?」

「あ、いいえ。自分でします」

「川に落としたとか、そういうんじゃなければ戻ってくる可能性は高いから、あまり気を落とさないで。まぁ、現金はちょっと保障できないけど」

「……ですよね。お世話になりました」

交番を出ると、外は土砂降りになっていた。

なんかもう泣きそうだよ。とにかく一旦落ち着かないと。どこか雨宿りできそうな場所を探して、コーヒーでも飲むことにしよう。そこからカード会社へ連絡を入れればいい。

なんとか気持ちを奮い立たせ、コンビニに入った。温かい缶コーヒーを選んでレジに並ぶ。けれど、カードをかざすと……!

「申し訳ありませんが残高不足のようです。現金でお支払いなさいますか？　それともチャージがよろしいでしょうか」

「え、あ、じゃあ、やめておきます。すみません……！」

たかが缶コーヒーの代金も持っていないなんて、どう思われただろう。

あまりにも恥ずかしくて、私は逃げるようにそこを去る。自動ドアを出て傘立てに目をやると、なぜか私の傘がなかった。

「え？　ちょっ、え？」

何度見てもやっぱりない！　別の傘を持っていくわけにはいかないし、お店の中に戻るのは嫌だ。

コンビニの軒下（のきした）で途方に暮れて灰色の空を見上げる。雨は一向に弱まらない。今度こそ涙が出そうだ。

奥歯を噛（か）んで涙をこらえた私は、ポケットからスマホを取り出した。友人ふたりのSNSに連絡を入れる。上京してすぐに勤めた職場の同僚と、数年前にパソコン教室で知り合った女性だ。

ふたりとも仕事中なのだろう、すぐに返信はない。と、そこでスマホの充電があと少ししかないことに気づいた。……最悪。

太腿（ふともも）に貼りつく乾き切らないパンツが不快だ。早く、充電ができて服が自然に乾きそうなところへ移動したい。

「どうしよう」

ここから一番近い携帯ショップの場所を必死に思い出していると、商品補充のためのトラックが目の前に駐車した。お店の中からさっきの店員が出てきて、こちらに視線を向けている。

これは絶対、変に思われてる……！　角を曲がったすぐのところに、別のコンビニがあったはず。とりあえずそこに移動しよう。

私はスマホをポケットに入れながら、軒下を飛び出した。

「きゃ！」

「あ！」

お店の角を曲がろうとした直前、同じように走ってきた誰かとぶつかってしまった。衝撃でポケットに入りきらなかったスマホが落ちる。

手帳型のケースがひらき、液晶画面を下にしてスマホは歩道の水面を滑っていく。まるでスローモーションのように、その光景がはっきりと私の目に映った。

「あ、あ、あーっ!!」

慌てて駆け寄り、しゃがんで、水たまりに浸かったスマホをひったくるように拾い上げる。

「う、嘘ぉ！」

液晶画面は真っ暗。電源ボタンを押しても何の反応もない。防水仕様じゃないのはわかっていたけれど、まさかこんな一瞬でダメになるとは。

これでは大家さんや管理会社、警察、友人たちからの連絡を受けられない。それどころか、クレジットカード会社や銀行への紛失届けも無理だ。

「も、もうやだぁ……！」

必死に我慢していた涙がぼろっと零れた。

突然無職になって、家は水浸し、お給料の入ったバッグを失くし、チャージも充電も傘もない。その上、唯一頼りのスマホは水没。

二十代最後の誕生日だというのに、私は神様に見放されちゃったの……？

「すみません、大丈夫ですか!?」

「全然……大丈夫じゃ、ないです」

話しかけられ、私は自分にぶつかったと思われる人を見上げた。スーツ姿のその男性は心配そうにこちらを見つめ、私に傘をさしかけている。

その人に、私は思わず見とれてしまった。

何このイケメンは。

吸い込まれそうな黒い大きな瞳。すっと通った鼻筋と形のよい薄い唇。さらりとした黒髪は短すぎず長すぎず、清潔感を保ちつつも、どこか色気が漂う。細身の体型に合わせた品のよいスーツがとても似合っている。最悪な状況で雨に打たれていることを一瞬忘れるほど、私好みの容姿だ。

彼はしゃがんで、私の顔を覗き込んだ。

ときが止まったかのように見つめ合いながら、ふと思う。この人、どこかで見たことがあるような――

彼が上着からハンカチを取り出し、私の頬を拭いた。

「あ……」

まさかそんなことをされるとは思わず、私の口から声が漏れ出てしまう。

「すみません。濡れていたから」

彼が申し訳なさそうに手を引っ込める。そして、視線を私の手元に移した。

「それ、僕に弁償させてください」

「え?」

「僕がぶつかったせいで故障してしまったんですよね」

男性は立ち上がりながら私に手を差し伸べる。大きくて綺麗な手のひらに、私はおずおずと自分の手を乗せた。彼は優しく私の手を握ると、力強く引っ張って立ち上がらせてくれる。

「ここから一番近い携帯の店は、どこかわかりますか？」

「弁償って、今ですか？」

「ええ、早いほうがいいでしょう。それとも、お時間ありませんか？」

「い、いえ、それは大丈夫ですけど、でも……」

「ひどい雨だ。急いで行きましょう」

こちらに傘を傾けた彼は、私の背中をそっと押した。自分が濡れるのもかまわず、私と一緒に歩き始める。

一度にいろいろありすぎたせいか頭がうまく回らない。雨に霞む街の中、ぼうっとしたまま彼と一緒に歩き始めた。

私たちは駅に直結したショッピングセンターに入り、入口近くの携帯ショップでスマホの機種変更をした。彼は私が順番を待っている間にタオルを買ってきて、体を拭くよう勧めた。そして私に気を使わせないためなのか、お金を払うとき以外は離れた場所で待っている。

弁償してもらうなんて図々しいとは思うけれど、今は正直ありがたい。お金はあとで返すことにして、彼の厚意に甘えてしまった。

「ありがとうございました。すみません、時間もかかってしまって」

既にショップに入ってから一時間近く経っている。

「いえ、こちらこそ本当に申し訳ありませんでした」

「お金はあとで必ずお返ししますので」

「弁償ですからいりません。それより、どこかで軽くランチでもしませんか？　お腹空いたでしょう」

「私、今はお金を持っていないので遠慮します。それよりも、スマホの代金を返――」

彼は手を上げて私の言葉を遮り、優しく微笑んだ。

「ご迷惑をかけたお詫びにごちそうさせてください。実は僕が腹ペコなんですよ。遠慮せずに付き合っていただけると助かります」

いくら彼がぶつかったせいで携帯が壊れたとはいえ、私の不注意でもあるのに。

そう思いつつも、スマートな強引さと屈託のない笑顔に負けてしまった。こうなったら食事中に、返金を納得してもらおう。

私は昼食の誘いに了承の返事をすると、少し待ってもらい、銀行やカード会社に紛失の連絡を入れた。スマホにはアパートの管理会社からの留守番電話が入っている。内容は、調査に夜までかかりそうなので、あとで再度連絡をするとのことだった。

全ての連絡を終えたあと、ショッピングセンターの最上階にできたばかりのイタリアンのお店に移動する。この店に入るのは初めてだ。彼にもらったタオルのおかげで、服も髪も乾いており、安心してお店に入ることができた。

不幸な出来事続きでも、しっかりお腹は空くらしい。

濃厚なゴルゴンゾーラソースがかかった生麺のパスタは香りが強く、とてもおいしかった。とりあえず人心地ついたから、よけいにおいしく感じるのかも。

「おいしそうに食べますね」

彩りよいサラダを頬張る私を見て、彼がクスッと笑う。

「す、すみません私、図々しいですよね」

「いやそうじゃなくて、いいなぁと思って。一緒にいる僕まで幸せになる」

再び笑った彼は、小海老とブロッコリーのトマトクリームパスタを口に入れた。その笑顔と食べ方を見てなぜか胸がじんわりとする。初めて会った人なのにどこか懐かしい感じがするのは、この人が私好みの容姿だからだろうか。

「おいしいものを食べると、元気が出ます」

「元気、なかったんですか？」

私は彼の問いかけには答えず、質問を返す。

「あの、あなたはご近所の方ですか？」

「……いえ。仕事で取引先から戻るところです」

「お仕事って……お時間は大丈夫なんですか？」

「ええ。今日の仕事はもう終わっていますので。あなたこそ急いでいましたよね？　今さらですがそちらは大丈夫なんでしょうか？」

ここまでしてもらって、何も教えないわけにはいかないか。

「大丈夫、と言いたいところなんですが……今日は嫌なこと続きの日だったんです。なので、おいしいものを食べてとても元気が出ました」

半日でこんなにもいろいろなことが重なるなんて、むしろ貴重な体験かもしれない。

苦笑しながら、冷たいレモンスカッシュを喉の奥へ流し込んだ。

「何があったのか、差し支えなければ教えてください」

心配そうな声に促され、彼に出会うまでに起きたことを事務的に話した。いかにも可哀想な女に見られるのは嫌だし、惨めにはなりたくなかったから、あくまでも淡々と説明する。

「ということは、夜に管理会社からの連絡が入るまでは、まだお時間あるんですよね」

話を終えたところで、黙って聞いていた彼が真面目な顔で私に訊ねた。

「え？　ええ、まぁ」

次に管理会社から連絡がくるのは「早くても夜になる」という話だ。

「でしたら、クラシックコンサートのチケットがあるので、時間潰しのついでにご一緒していただけませんか」

「クラシックコンサートですか？」

　意外な申し出に胸が高鳴る。

「実は、仕事関係で手に入れたのですが、一緒に行くはずの者が急に都合が悪くなって、チケットが余ってしまったんですよ。興味がおありでしたら、いかがでしょう？」

「私、クラシック大好きなんです……！」

　久しく生のオーケストラなんて聴いていない。思わず顔を綻(ほころ)ばせてしまった。

「それはよかった。赤坂(あかさか)にあるホールなんです。今日の公演は開演が五時半、終わるのは九時前くらいになると思うのですが、よろしいですか？」

「ええ、大丈夫です」

　私の返事を聞いた彼は嬉しそうに……こちらが戸惑(とまど)うくらいの笑顔で頷(うなず)いている。チケットが余らずに済んだことが、そんなにも嬉しいのだろうか。

　彼の笑顔が再び私の心に問いかける。やはりどこかで会ったことがある人ではないかと。

「では行きましょうか。その前に銀座(ぎんざ)で買い物がしたいので付き合ってください」

「あ、はい」

　彼の声が弾(はず)んだ調子に変わったのは気のせい？

　喜ぶ様子につられた私は、深く考えずに彼のあとをついていく。

地下鉄の切符を買ってもらい、銀座まで移動すると、雨はすっかりやんでいた。雲間から光が差し込む街をふたり並んで歩く。

彼は誰もが知っているであろう高級ブランドショップに入った。主に安いネット通販やファストファッションブランドを利用している私には、全く不慣れな場所だ。人の少ない静かな空間に必要以上に緊張してしまう。

「いらっしゃいませ、本日は――」

「いや、いいんだ」

こちらを見るなり急ぎ足でやってきた男性店員を、彼が片手を上げて制した。

「今日は、彼女とゆっくり見て回りたいので」

「かしこまりました。ご用がおありのときは、何なりとお申しつけください」

「ありがとう」

もしや彼はここの常連客なのだろうか。こんな高級ブランド店で!?

一体、何を購入するのかと疑問に思う私の腰に、彼がそっと手を添えた。そしてレディースウェアのコーナーに連れていかれる。品のよい服が、ひとつひとつゆったりとポールにかかっていた。大切にディスプレイされたその素敵さに、ため息が漏（も）れそうだ。

「こういうのはどうでしょう？　あなたはお好きですか？」

彼が示したのは、袖と襟（えり）ぐりがシフォン素材の黒いシルクワンピースだった。

「ええ、とても素敵ですね」

「ではこれにしましょう」

「は？」

「すみません、試着したいのですが」

振り向いた彼が、そばにいる店員に声をかける。何のことやらわけがわからず、彼に訊ねた。

「あの、試着って」

「着てみてください。きっと似合う」

「え⁉　わ、私が着るんですか⁉」

どういうこと⁉　彼の買い物にきたんじゃないの⁉

「もちろん、あなたが着るんですよ。早く着て見せてほしいな」

「ちょ、ちょっとそれは、いくら何でもあの」

うろたえる私をものともせず、彼は店員へワンピースを渡してしまった。

「試着室へご案内いたしますので、こちらへどうぞ」

「さぁ行きましょう」

こんな場所で騒がしくするわけにはいかない。雰囲気に呑まれて断れない私は、彼と一緒にサロンのようなところへ通された。

大きなソファが置かれ、壁の一面が巨大な鏡になっている。彼はそこのソファに座って待ち、私は三つ並んだ個室のひとつに案内された。個室は全て空いていて私たちの他には誰もいない。中に入ると、私のアパートの部屋よりも広かった。

「お手伝いいたしますので、いつでもお声をおかけください」

「は、はい……」

カーテンが閉まった。仕方なく、着ている服を脱ぐ。大きな鏡が私の下着姿を映し出した。

ああ、広すぎて落ち着かない。どうしてこんなことに。それよりも、こんなブランドショップの服を私が買えるわけがない。試着すれば彼の気も済むのだろうか。

ぐるぐる考えながら、素晴らしく肌触りのいいワンピースを着てみる。

胸元はほどよくひらき、背中や腰のラインが美しく見えるようにカッティングされている。丈は膝に少しかかるくらいでとても上品だ。ワンピースのおかげで、いつもの自分と全く違って見える。

けれど、気持ちが高揚したのは一瞬だった。着替えながら三十六万円という値札を見つけてしまった私は、そればかりが頭にチラついて一刻も早く脱ぎたくて仕方がなくなる。

汚してしまったらどうしよう。想像するだけで恐ろしい。

「ああ、やはりとてもよく似合っている。綺麗だ」

着替えた私を、待っていた彼が目を細めて称賛した。後ろから両肩にそっと手を置かれ、壁面の鏡の前へ進んでいく。私と彼の姿が鏡に映った。

この人、とても背が高いんだ。私は百六十センチそこそこだから、彼は百八十センチくらいだろうか。脚が長く、スタイルがとてもいい。

「これに合う靴もお願いします」

見とれていた私をよそに、彼が言った。

「かしこまりました、少々お待ちくださいませ。本当によくお似合いでいらっしゃいますよ」

美人の女性店員がにこやかに言い、そこを離れる。

「いやあの、ちょっと」

焦(あせ)って店員を呼びとめようとするも、彼女は既(すで)に行ってしまった。

「気に入りませんか？　では別の服にしましょうか」

「ま、待ってください！　そうじゃないんです」

振り向いた私を、彼がきょとんとした表情で見つめる。

「気に入りました、とても。でも、食事中にお話しした通り、今の私は持ち合わせがないんです。それに、あとでお支払いするにしても、こんなに高価な服は買えません」

「あなたが買う必要はありませんよ。これは全てお詫びなんです。だから気にしないでください」

「き、気にするなと言われてもですね」

「夜のコンサートへは、オシャレして行きましょう。そうしたらもっと元気が出るかもしれませんよ。ね？」

私を諭すような優しい笑みを受けて、何も言えなくなってしまう。

試着室に置いた私服が脳裏をよぎった。カジュアルなパンツにジャケット、足元はスニーカー。おまけに雨で汚れている。夜のオーケストラに行く装いとしては適当じゃない。誘ってくれた彼に恥をかかせてしまうかもしれないのはわかる。落ち着いたら分割してでも返そう。

諦めた私は彼の申し出を一旦受けることにして、靴の試着を始めた。

支払いの際、彼が提示したブラックカードが見えてしまった。スマホを購入したときは見間違えたのかと思ったけど、確かに見た……！

この人一体、何者なんだろう。私と変わらないくらいの年に見えるのに、ブラックカードを所持する、高級ブランドショップの常連客――

「そろそろどうでしょうか」

お店を出たところで彼が質問をしてきた。急な話題についていけない。

「どう、というのは？」

「いえ、まだかなぁと思って」

「……？」

何が「まだ」なのかわからない。困惑する私に彼は楽しそうに笑いかけ、説明することもなく、また別のお店へ連れていく。

バッグまで購入してもらい、タクシーで赤坂にある音楽ホールへ向かった。私が着ていた服はブランドショップの袋に入れられ、彼が持ってくれている。

豪華な装いをして、こんなに素敵な人とこれからオーケストラに……。今さらだけど、ここまでしてもらっていいのだろうか。

「申し訳ありません」

「ん？　どうしました？」

「スマホの代金を立て替えてくださっただけで十分なのに、これではかえって申し訳なさすぎて」

「スマホは弁償ですよ。それに僕がしたいことにあなたを付き合わせているだけですので、お気になさらず。それとも、やはり気に入りませんでしたか」

「い、いえ！　そんなことは全然！」

「それならよかった。コンサート楽しみですね」

「えっと……はい」

またもや嬉しそうにされて、頷くしかなかった。それにしても私、この笑顔に弱いなぁ……

音楽ホールへ到着した私たちは、二階のバルコニー席へ案内される。時間はぎりぎりだったようで、座って間もなく開演のベルが鳴り響いた。一階も二階もほぼ満席だ。

「中央ではなくて申し訳ないのですが」

「いえ、とんでもないです。とてもいい席で舞い上がっています。嬉しい！」

謝る彼に興奮しながら伝える。私は広い音楽ホール独特の匂いを胸に吸い込んだ。

演奏者たちがそれぞれの席へ集まり、調音が始まる。

「プログラムの一曲目なんですが、見えますか」

ひらいたパンフレットのページを、彼が指さした。

「ええ。ボロディンの……『韃靼人の踊り』ですね」

「皆でこの曲を聴いたのを覚えてる？」

「え？」

急に砕けた彼の口調に驚いた。それだけじゃない。彼は今、何て……？

「あ、始まりますよ」

コンサートマスターと指揮者が登場し、大きな拍手が響き渡る。私も彼も同じように手を叩いた。

指揮者がタクトを振り、ゆったりとした演奏が始まる。静かなオーボエの旋律が流れると同時に、私の脳裏にある光景が現れた。

部活のない日。学校帰りに寄った部活仲間の家。録画されたコンサート。皆でお菓子を食べながら、思い思いに曲の感想を述べた。今、ホールに流れているのは、その中の一曲――

今朝見た夢を思い出す。

もしかして私の隣に座るこの人は、憧れのホールへ一緒に行こうと約束した、初恋の人……？

そんなことが、あるのだろうか。彼の言う「皆」が、私の思う部活仲間だということが。

隣に座る彼へ視線を送った。横顔に面影はある。特徴的だった指の形も似ている。細身とはいっても肩幅も胸板も、当時よりがっしりとして、大人の男性に成長している。あの頃は私より少し背が高いくらいだったのに。革靴を履いている足も、私と比べてずっと大きい。懐かしさを感じていたのは、彼が神谷くんだったから……？

激しく叩かれるティンパニーのように、私の心臓が音を立てた。

名前を聞いて確認してみたい。でも私の思い込みだったら、とてつもなく恥ずかしい。

勘違いするほどに初恋を引きずっている自分に出会うことが、怖い。

オーケストラを聴きながら、私はどこか上の空でいた。休憩時間がきても、彼の口から言葉の続きは語られない。彼はホールを出て、ホワイエと呼ばれる劇場のロビーへドリンクを取りにいってしまう。ホワイエでは、コンサートの客が歓談できるようにテーブルが置かれ、シャンパンや軽食が売られている。一方私は、スマホを確認するためにレストルームへ。やはり管理会社からの連絡が入っていた。今夜中にはどうにもならないらしい。友人らに送ったSNSのメッセージに既読マークがつき、「どうしたの？」とそれぞれ返事がきている。コンサートの終了は九時近い。平日の夜遅くに彼女らの部屋へお邪魔するのは気が引ける。結局、今夜はビジネスホテルに泊まることになりそうだ。

ため息をつきながら、私はホワイエにいる彼のもとに戻った。

「どうしました？」

待っていた彼は私にシャンパンを差し出し、心配そうに訊ねてくる。

「えっ、いいえ。素晴らしい演奏でした。私、『アルルの女』の『ファランドール』が大好きなんです。とてもかっこいい舞曲ですよね」

私は受け取ったシャンパンに口をつけた。細かな泡と甘い香りが舌の上で弾ける。

「そうですね。あなたが楽しんでいらっしゃるならよかった」

彼が嬉しそうに微笑んだ。

せっかくのコンサートなのに暗い顔なんてしていたら失礼だ。それに、私にとってはビジネスホテルよりも、もっと重要なことがある。彼に確かめなければいけない大事なことが。

意識して彼の顔を見れば、やはり神谷くんに似ている。神谷くんと離れてから、何度も見つめた部活の集合写真やグループ写真を思い出した。……確かめたい。

「『韃靼人の踊り』も、好きです」

この曲を、皆で部活の帰りに聴いたんだよね？

そう訊ねようとしたとき、シャンパンを飲み干した彼が私をまっすぐ見つめた。

「まだ、クラシックが好きだったんだね。伊吹さん」

名字を呼ばれてどきんとする。この人……！

「そろそろ僕のことを思い出してくれましたか」

「あの、お名前を教えてください。もしかしてあなたは」

「僕は神谷貴志です。中学では、あなたと同じ吹奏楽部でした」

「やっぱり……！　本当に本物の……神谷くん、なの？」

思いもよらなかった偶然に声が震えてしまう。

「うん、本物だよ。忘れられてたらどうしようかと思ったけど、やっと思い出してくれたんだね」

彼がとても嬉しそうに笑った。ああ、神谷くんだ。食事中にこの笑顔を見て懐かしくなったのは、当然のことだったのだ。

「だって、だって全然違うんだもの。すっかり大人の男性だし、背もすごく伸びてるし、体型も」

「あれから十年以上も経てば変わるよ。でも僕は、すぐに君のことをわかったけどね」

「すぐにって、いつ？　出会ってすぐのこと？」

もしかして、スマホを拾ったときにこちらを見てしばらく黙っていたのは、私に気づいたから？

「ヒミツ。まぁでも、携帯ショップで君が受付に名字を言っていたのを聞いて確信したというのはあるね。これだけじゃまだ疑わしいかもしれないだろうから、ふたりにしかわからないことを伝えようか」

悪戯っぽい笑い方をして私の顔を覗き込んだ神谷くんに、小さな痛みが胸を襲った。

もしや私、ときめいてる……？

「ふたりにしかわからないことって」

「大人になったら軽井沢のコンサートホールへ一緒に行こう。そう約束した」

「覚えて、たの？」

「もちろんだよ。絶対に忘れないと約束したんだ。君も忘れないでいてくれたんだね」

「うん……うん！」

嬉しさが込み上げて、思わず涙ぐむ。中学生のときに交わした頼りない約束を覚えていてくれたなんて感動だ。

神谷くんは目を細め、私の背中に優しく触れる。

「そろそろ後半が始まる。行こう」

「……はい」

それにしても何という縁だろう。誕生日に神様に見放されるどころか、素晴らしすぎるサプライズプレゼントをもらってしまった。だってあれから、何年が経った？　十四年だよ？　こんな偶然って、ある？

テンポのよいアンコール曲を楽しんだあと、私たちは大勢の人たちとともにホールから出た。少しの雲を残した夜空に月が光っている。外気はゆるい暖かさで満ちていた。

「すごくよかった！　誘ってくれてありがとう」

「どういたしまして。伊吹さんはコンサートによく行くの？」

「時間とお金に余裕があれば。本当はもっと行きたいんだけど滅多に、ね。神谷くんは？」

「結構聴きにいくほうだと思うよ。演奏自体は中学以来、全くしてないけどね」

「私も同じ」

楽器は大切に持っていても、演奏する場所や機会はなかった。いつかまたトランペットを吹いてみる日がくるのだろうかと思ったそのとき、彼が立ち止まった。

「ずっと、どこにいたんだ……？」

真剣な表情で私を見つめている。誰にも告げずにいなくなった私を責めているわけではない、切なげな声だった。

雨後の湿った風がワンピースの裾を揺らす。道路を行き交う車の赤いテールランプがやけに眩しく感じた。広い歩道に佇む私たちの横を、コンサート帰りの人々が追い越していく。

「どこ、って」

「いや、ごめん。話したくないか」

「ううん、大丈夫。引っ越し先のことだよね？　何も言わないで転校して、ごめんなさい」

「君が謝ることはない。僕のほうこそ無神経なことを聞いて、ごめん」

再び歩き出した彼の隣に私は並ぶ。

「伊吹さん、結婚は？」

「してないよ。神谷くんは？」

「僕もしてない。独身だよ、ほら。恋人もいない」

彼は指輪のない左手を、私の前に差し出した。

「君は？　結婚はしていなくても、付き合ってる人はいるの？」

そんなふうに質問されると困ってしまう。彼は今の私に興味があるのだろうか。

駅が見えてきた。彼が神谷くんだとわかったならなおのこと、お金についてはきちんとしておきたいと思った。それに、このままお別れというのは正直……少し寂しい。

「神谷くん、連絡先を教えてくれる？　いいとは言ってくれたけど、支払わせてほしいの」

「本当にいらないんだが……」

「スマホを弁償してもらっただけで十分よ。洋服やバッグ代は、ちゃんと払わせて」

「いや、あれは僕が強引に買ったんだから君は気にしなくていい」

「ダメ。そこまでしてもらうのは申し訳なさすぎるもの」

「困ったなぁ。どうしても引いてくれる気はなさそうだね。頑固なところも変わってない」

笑った彼は、歩道脇にある公園へ私を引っ張り込んだ。入口近くの外灯の下で向き合う。

「それじゃあ取引しようか」

「取引？」

「実は……見合いを勧められていてね。僕にその気は全くないんだが、強引に推し進められそうなんだ。君にその見合いを壊す協力をしてほしい。それで洋服代はチャラにしようよ」

「私もいない、けど」

「お見合いを壊す協力って、何をすればいいの？」

「僕のニセの恋人になってくれないか」

「え」

ニセの恋人……？　思いもよらない提案にしばし呆然とする。

「僕に恋人がいれば、相手側も諦めるはずだ。その役を引き受けてほしい」

「でも……そんなことして大丈夫なの？」

「ただ断るだけじゃ説得力がないからね。離れられない恋人がいるとわかれば諦めるだろう。前から考えていたんだが、誰にでも頼めることではないから悩んでいたんだよ」

それで、私に恋人がいないかどうかを確かめたんだ。最初から私にニセの恋人役を頼むつもりだったとか。まぁ、そういうことなら納得。……のはずなのに、何だろうこの拍子抜け感は。やっぱり心のどこかで期待していたのかな。

「私でお役に立てるなら」

思いがけず浮かんだ気持ちを否定するように私は平静を装った。

「いいの？」

「うん、いいよ」

昔の同級生が困っているのなら助けてあげたい。うん、恋人のフリくらい何でもないことじゃない。

「ありがとう！　助かるな」

イケメンにそんな無邪気な笑顔を見せられたら、誰だって断れないよ。

「では早速。恋人としてお願いしたいことがある」

「はい、どうぞ」

「僕が泊まる予定の部屋においでよ。今夜はずっと一緒にいよう」

「……はい？」

「仕事の都合でね。今夜は家に帰らないんだ」

「本気で言ってるの？」

「本気だよ。恋人らしくするためには、まず一緒にいないとどうしようもない。恋人関係の空気に慣れてもらうにも必要なことだ。見合いの相手サイドに嘘を見破られないためにもね」

「そ、それはそうかもしれないけど」

お見合い当日に恋人のフリをするだけじゃないの⁉

「この件を承諾してくれるなら、君の職場も住むところも僕が用意させてもらう。いや、させてくれ」

「いくら何でも、そこまでお世話になるわけには」

「ニセとはいえ、僕の恋人役を演じてもらうんだ。君の生活にだって支障が出るだろう。これくらいのことをするのは当然だよ。それに」

言葉を止めた神谷くんが、優しげに笑った。

「今夜はこのあと、どうするつもりだったのかな。コンサートの休憩時間に、管理会社からの連絡を確認したのでは？　僕の予想を言わせてもらえば、君が言っていたような部屋の浸水がある場合、今夜中にもとへ戻すことはまず不可能だ。こんなに遅い時間では、友人の家に押しかけるのも気が引ける、そこでどこかのビジネスホテルにでも泊まるつもりだった。違う？」

「っ！」

何から何までお見通しの彼に、返す言葉がない。

「図星だね。さあ行こう」

「ちょ、ちょっと待って。子どものお泊まりじゃないんだから、そんな簡単に」

掴まれた手首を引いて足を踏ん張った。

神谷くんとこのまま会えないのは寂しい。そう思ったことを否定はしない。でも私たちは「ニセ」の恋人になるのよね？　そこには恋も愛もないのよね？　だから気軽においでと言われても困る。誘われてすぐに男と寝るような女だと思われるのも嫌だ。初恋の彼にだけはそんなふうに思われたくない。

その場から動こうとしない私に、神谷くんが小さくため息を吐く。観念したのか、掴んでいた私の手首を離した。

「さっきの質問の答えだよ。僕の連絡先だ」

彼はスーツのジャケットの胸元から名刺入れを取り出した。受け取った名刺を見て思わず目を見ひらく。

「その年で専務取締役⁉　神谷グループって……え、ちょっとまさか」

神谷グループといえば国内の不動産部門における大企業だ。都心の高層ビル建設や都市再生事業にもかかわっている総合デベロッパーのはず。新聞やネットニュースでよく見かける名前で間違いはない。所在地は有楽町と記されていた。こんな大きな会社の専務取締役って……

「僕の曽祖父が社の創設者、祖父が理事をしている。父が現在の代表取締役だ。僕がいずれそのポストを継ぐ」

彼は神谷グループの御曹司だったの⁉

神谷くんの正体に驚きながら考える。大きな組織の上に立つ人がこんなことを頼んでくるなんて、よっぽど困っているとしか思えない。私だって協力してあげたいのは山々だ。

「言い方は悪いが、僕のような地位にある人間の恋人だと見合い相手に信じさせるためには、それなりの服装や生活が必要だ。それもあって君に職場や住まいを提供したいと思っているんだよ」

「そこはわかるんだけどね。でも――」

「だがそれ以上に、恋人として君が困っているのは見すごせない。今夜は一緒にいよう。何もしないよ、きてくれるね？」

なぜか彼の声色と言動が切羽詰まっているように感じる。

「ニセの恋人でも心配なの？」

「そうだ」

当然だと言わんばかりの返答だった。ここまで言われたら信じてみようか。素性を明かしてくれたこともあり、私は神谷くんについていくことに決めた。彼を助けてあげたいと思った気持ちは本物だ。一度引き受けたからには責任だってある。

見上げた空には星が瞬いている。その光は思い出の日を彷彿とさせた。

軽い食事を済ませて、神谷くんが泊まるという銀座のホテルへ向かう。

受付は普通のチェックインカウンターではなかった。彼はホテルの上級会員なのかもしれない。名刺の肩書きやブラックカードの件を思えば当然か。

こんな高級ホテルに入ったことがない私は、緊張に身を縮ませた。

「アパートの部屋が落ち着くまで、何日いてもらってもかまわないからね」

とんでもなく広いスイートの部屋に入るなり、彼が言った。

「いくら何でも、何日もというのは」

「ここは、父や僕の仕事関係者を招く部屋として年間契約してある。このあとしばらく誰も使う予定はないんだ。心配しなくていいよ」

さらりとそんなことを言われても、どう返事をしていいのやら困ってしまう。

「僕の部屋はあっち。君はそっちね。部屋にトイレもバスルームもついている。気兼ねなく使って」

「あ、ありがとう」

「こっちへきてごらんよ。空がすっかり晴れてる」

明るい声に誘われて、彼の立つリビングの窓際へ寄った。

「すごい……！　夜景が綺麗」

高層ビル群やマンション、商業施設の灯りが、まるで宝石のように輝いている。素晴らしい部屋から眺める見たこともない景色に胸が躍った。

この広い東京で神谷くんに再会できたのは奇跡に近い。しみじみ思っていると、突如肩をぐっと掴まれた。あっという間に彼の胸に抱かれる。

「か、神谷くん!?」

「君のほうが綺麗だよ、ずっと」

何なの、このキザなセリフは……！　あ、そうか。

「もう始まってるの？」

「え？」

「ニセモノの恋人」

「……そうだね。始まってるよ」

神谷くんは苦笑して、私の両頬をそっと両手で押さえた。彼の黒い瞳に私が映っている。演技だとはわかっていても、ドキドキしてしまう。

「伊吹さんは僕の初恋の人なんだ」

「っ！」

胸がぎゅっと痛くなる。もしそれが本当なら、どんなに嬉しいだろう。私は、あなたが初恋の人なのだから。そのセリフを中学生の頃に言ってもらえたら……

「だからずっと……こうしたかった。急に僕の前からいなくなって、連絡が取れなくなったから、傷ついたよ」

罪悪感がせり上がる。私が転校先も告げずに、そのまま皆と連絡を絶ったのは事実だ。

「とても好きだった。再会した今、あの頃の君を思う気持ちが甦っている」

「えっ！」

「その反応、恋人らしくないな。ちゃんと演技してくれないと」

目の前の彼が眉をひそめた。

「だって、いきなりそんなこと言われたら、あ」

彼の長い指が私の顎を持ち上げる。

「ちょっ、神谷く、ん……っ！」

避ける間もなく、あっという間に唇が重なった。

神谷くんとキスしてしまった！

軽くパニックになりながら、私は彼の胸を押して自分から唇を離す。

「な、何もしないって言ったのに……！」

「周りの人間を信じさせるためには、こういうことも必要だ」

クスッと笑った彼は再び私を抱きしめた。爽やかな大人のフレグランスが私を包む。

「キス以上のことはしないよ。ただ……心配なんだ」

神谷くんの不安げな声が私の胸をざわつかせる。そういえばさっきも同じことを言っていた。そんなにも私が頼りない人間に見えるのだろうか。

「ニセの恋人を演じている間は、僕の他に本当の恋人を作らないと約束してくれるかな」

「そんなつもりはないけど……どうしてそんなに心配なの？」

体を離した神谷くんは、私の背中を窓ガラスに押し付けた。両手をガラスに置き、私を腕の中へ閉じ込める。

「君に本当の恋人がいると見合い相手に知られたら困るじゃないか」

公園のときと同じように彼が優しげに微笑んだ。

私の行動だけではなく、心の内まで見透かされていたらどうしよう。そう思ったとき、強く唇を塞がれた。

「んっ、んう……！」

逃げようにも逃げられない。生ぬるい舌が私の口内へ入り込む。心臓が破裂しそうに激しく鳴っていた。

「んふ、んんっ、ん」

捉えられた舌先に彼の舌が優しく絡む。情熱的なキスを受けた私は頭の芯がくらくらして、どこにも力が入らない。キスをすること自体が久しぶりのせいか、体が過剰なほどに反応している。よろけそうになる私の腰を、神谷くんの手が支えた。

「んっ、あ……」

唇が離れてホッとしたのも束の間、くすぐったい刺激を耳に受ける。間近で、ちゅっという音がした。

耳が弱いことを悟られてしまう……！

「神谷くん、ダメ、やめて」

体をひねっても逃げられない。「好きだった」という彼のニセモノの言葉が私に魔法をかけ、身動きできなくする。

耳が熱い。耳どころか、顔も首も真っ赤になっているはず。

神谷くんは私の耳を何度も甘噛みした。そのたびに崩れ落ちそうになるのを何とかこらえる。そうこうしているうちに、ぬるりとした感触が耳の中に入った。

「あっ！」

もう本当に、ダメ……！

「君も言って。僕への気持ちを」

彼の熱い息がかかる。こちらを見たその瞳には、彼の共犯者になろうとしている私が映っていた。呼吸を整えた私は、あの頃の気持ちを小さく吐き出す。

「私も、神谷くんが、好き」

「いつから？」

我に返って恥ずかしくなる。だって私のほうは嘘ではなくて、当時の本当の気持ちなんだもの。

「……部活で神谷くんと同じトランペットのパートになって、ずっといいなと思ってた。三年生のときに同じクラスになってからはもっと、好きになってた」

「ありがとう。僕も……好きだよ」

彼に告白をして、そう答えてほしかった中学生の私がいる。思い出してもどうしようもないのに、今さら馬鹿みたいだ、私。

「伊吹さんは綺麗になったね」

「神谷くんは、とても素敵になった。すっかり大人の男性だね」

私の言葉は本心だよ、神谷くん。あなたに恋人がいないなんて信じがたいくらい、素敵になった。

彼の腕の中にいると、私の胸の奥で燻っていた初恋が、少しずつ昇華されていくような気がする。でもそれは、嘘の言葉で錯覚しているだけなんだろう。

「勝手にこの部屋を出て、いなくなったりしないでね」

神谷くんは私を抱きしめていた手をほどいた。

「え？　そんなことしないよ」

「……その言葉を信じるよ」

どうしてだろう。ぽつりと呟く彼が悲しそうに見えた。

「じゃあね。ゆっくりおやすみ」

「おやすみなさい」

彼は宣言通り、キス以上のことはせずに自分の部屋へ行ってしまった。窓に寄りかかり、唇に指をあてる。窓ガラスに情けない顔をした私が映っていた。

「神谷くんとキス……しちゃった」

とはいえ、甘い言葉もキスも、全部ニセモノだ。だから今、こうして胸が痛くなっているのは、私だけ。

持て余す気持ちをどこへやっていいかわからないまま、私も与えられた部屋へ入った。

神谷くんと再会して三日後。

「今日からきてもらうことになった、伊吹寧々さんです」

「よろしくお願いします」

彼は約束通り、私に仕事先を紹介してくれた。それも念願の音楽教室の事務だ。

神谷グループは音楽ホールや劇場、音楽教室や楽器店も経営しているらしい。その部門を彼が取りまとめているそうで、ちょうど募集があったとのことだ。

音楽教室は楽器店とドア一枚で繋がっており、楽器店の店長は音楽教室長も兼ねている。職場は虎ノ門駅から徒歩十分ほどのビルの中にあった。

シフト制勤務のため、月曜の定休日以外にランダムで休日が入る。

あれから結局、ホテルに二泊させてもらった。

初めて泊まった翌朝、私が起きると神谷くんは既に出勤していた。テーブルの上には「困ったら使って」というメモと一緒に十万円が置いてあった。気遣いを嬉しく思う反面、彼の金銭感覚に戸惑いを隠せない。

その日の午前中に警察から連絡が入り、私は無事にバッグを取り戻した。奇跡的にお給料がそのまま残っていたので、神谷くんが置いていったお金には一切手をつけずに済んだ。

夜、ホテルに顔を出した神谷くんにそのままお金を返した。洋服代やバッグ代も一緒に払おうとしたけれど、やはり受け取ってはもらえない。

アパートの部屋は修繕に三週間も要することがわかり、私は早々に部屋を解約した。その日のうちに仏壇と少しの衣類、家電の一部、そして押し入れの上段に入っていたバッグやアルバム、本と書類、トランペットを持ち出す。それらの少ない荷物は、まとめて管理会社に一時的に預け、水浸しで使えなくなったものは処分をお願いした。

そして私は、必要なものだけをボストンバッグに詰めて、ホテルから新しい職場に出勤したのだ。

「伊吹さん、今夜あなたの歓迎会をしたいんだけど、予定はどう？」

同じ事務職の佐々木さんが明るく声をかけてくれる。私より少し年上ぐらいだろうか。他の女性陣も私と同年代の人が多そうな、落ち着いた雰囲気の職場だった。

「ありがとうございます。でも今日は用がありまして、すみません」

「じゃあ都合のいい日を明日にでも教えてね」

「はい！」

優しい笑顔の佐々木さんに明るく返事をする。せっかく誘ってもらえたのに残念だけど仕方がない。今日は退社後の予定を空けておくよう、神谷くんに言われていた。私が住む物件を紹介してくれるらしい。

定時に上がっていいと上司に言われ、五時すぎに職場を出る。楽器店を出たすぐの歩道で立ち止まり、神谷くんに連絡を入れようとしたときだった。

「伊吹寧々さん、ですね？」

名前を呼ばれてどきりとする。振り向くと黒いスーツ姿の男性がこちらを見ていた。三十代後半くらいの、長身で銀縁眼鏡をかけた神経質そうな人だ。……知り合いではない。

「どちら様、ですか」

「私は神谷の秘書をしております、吉川（よしかわ）と申します。神谷からあなたの携帯電話へ連絡が入っているかと思うのですが」

差し出された名刺を受け取り、私は急いでスマホの画面を見た。

『僕の秘書の吉川が君を迎えにいく。信頼できる人物だから安心して。彼の画像も貼っておくよ。吉川が君を部屋まで案内するから、車で一緒に向かってくれ』

貼りつけられた画像と目の前にいる男性の顔を見比べる。……うん、本人です。

「確認していただけたでしょうか」

「え、ええ。吉川さんですね」

「どうぞよろしくお願いいたします。これから、神谷が用意した賃貸マンションのお部屋へ案内いたしますので」

「よろしくお願いいたします」

この辺りだと、私が払える家賃の物件はなさそうだ。かなり離れた場所まで移動するんだろう。

「では、あちらの車へどうぞ」

すぐ近くに大きな黒塗り(ぬ)の外車が停まっていた。白い手袋をした運転手と思われる男性がこちらへお辞儀をし、後部座席のドアを開ける。まさかあれに乗れと？

怯(ひる)みながらも、吉川さんに促(うなが)されるまま車に乗り込んだ。車内はふわりと爽(さわ)やかな香りがする。助手席に吉川さんが座ると、運転手がこちらを振り向いた。

「お疲れ様でございました。少々渋滞しておりますが、十分ほどで到着できるかと存じます」

「はい。ありがとうございます」

返事をしてから、気づく。ここから十分ほどの場所ということは、都心も都心だ。どんなに古い物件でも前のアパートよりは、かなり家賃が高いはず。これは無理かもしれない。

紹介される物件を半(なか)ば諦(あきら)めた私は、今夜はビジネスホテルに泊まって、住むところは自分で探そうと覚悟を決めた。

それにしても何なの、この後部座席の広さは。脚をまっすぐ伸ばしてもまだ余裕がある。

足元はリクライニングつきで座席の横幅もあるし、普通にこのまま寝られそう。運転席と助手席、それぞれの背面にあるタブレット型の液晶画面は、どうやらテレビやネットが見られるようだ。

慣れない車内できょろきょろしている間に、車は夕方の渋滞した道路を進んでいく。道路際の電柱に「麻布台」と住所が表記されていた。

そのまま六本木方面へしばらく進む。ひと際美しい高層ホテルが現れた。ぼんやり眺めていると、車はそこへ入っていった。

「到着いたしました」

「え？　こ、ここ……!?」

ここって高級ホテルじゃないの!?

「お帰りなさいませ」

制服を着たドアマンが、車を降りた私たちにお辞儀をする。

「先ほどフロントデスクへ連絡を入れておいた、神谷の秘書の吉川です。こちらが伊吹様です」

「コンシェルジュより伺っております。お待ちしておりました、伊吹様」

「えっ、あ、はいっ」

急にこちらに挨拶をされて、突拍子もない声を出してしまった。

「三十分ほどしたら、また出庫しますので」

「承りいたします。キーをお預かりいたします。運転手様はこちらへ」

ドアマンが車を移動させるようだ。

私は吉川さんのあとについてホテル、もといマンションのエントランスに入った。

「あちらがフロントデスクです。二十四時間、常時コンシェルジュがおりますので、お困りのことがありましたらフロントへ。ではエレベーターに乗りましょう」

歩きながら吉川さんの説明を聞く。

どう見てもホテルのレセプションにしか見えない。コンシェルジュの女性が優しく微笑み、遠くからこちらへ会釈をした。引きつる笑顔で会釈を返す。戸惑う私をよそに、早足で進む吉川さんの靴音が吹き抜けのエントランス中に響いた。急ぎ足で追いかけ、その背中に問いかける。

「吉川さん、ちょっと待ってください。ここはホテルじゃないんですよね？」

「ええ。賃貸マンションですが」

「まさかと思いますが、ここに私が住むんですか？　困ります、こんなとんでもないところ」

高級感あふれる木目調の巨大なドアの前にたどり着くと、吉川さんが振り向いた。

「お気に召されませんでしたか。では専務にお伝えして、別の場所をご用意させていただきます」

「いえ、お気に召さないとかそういう問題じゃなくて、もっと狭いところをお願いします。こういうところは立派すぎて気が引けますし、まず私には家賃が払えませんので」

１Ｋの木造アパートが精いっぱいの私には、いくら何でもハードル高すぎでしょ。

スーツのポケットからカードを取り出した吉川さんは、ドア横の平べったいボタンのようなものにそれをかざした。その瞬間、ボタンが青く光る。

「何も聞いていらっしゃらないのですか？」

眼鏡の真ん中を押さえた彼は、ひとつため息を吐いた。

「神谷専務が全て負担しますので、あなたがそのような心配をされなくてもよろしいんですよ」

「何も、とは？」

「なっ、それはさすがに困ります！　場所を紹介してもらう約束はしましたけど、でも」

「それでは逆に私が困ってしまいます。準備は整っておりますし、まずは一旦お部屋に参りましょう。それからあとのことは専務と直接お話しください。エレベーターがきましたよ」

ドアがひらいた。この巨大なドアはエレベーターだったのね。もしやカードで呼び出す仕様？

それにしても神谷くんといい、この人といい……さらっと自分のペースに巻き込んでいくのがうますぎる。拒否するどころか、そんな隙さえも与えてくれないんだから。

乗り込んだエレベーターが十八階で止まった。……十八階⁉

「申し訳ございません。専務はもっと上階をと希望していたのですが、空きが出なかったもので」

吉川さんが頭を下げる。

「いいえ、十分、十分です！」

まだ住むと決まったわけではないのに、おかしな返答をしてしまった。

本当に人が住んでいるのだろうかと疑うほど静かな廊下を、おっかなびっくり進んでいく。絨毯が敷き詰められていて本当にホテルのようだ。エレベーターとお揃いの木目調のドアの前で、吉川さんがさっきのカードを使い、ロックを解除した。

「おひとりですので、ワンベッドルームとなります」

「お邪魔、します」

玄関の立派さにドキドキする。廊下を進んだ正面のドアを吉川さんが開けた。

「わ、あ！　広――――い‼」

二十畳はあるだろうリビングが現れた。大きなペアガラスの窓から、素晴らしい景色が目に飛び込む。都心のビル群が間近に見え、ホテルの窓際で神谷くんとキスしたことを思い出した。思わず顔が熱くなる。私は頭をぶんと横に振り、キッチンへ視線を移した。

リビングダイニングに繋がる、すっきりとしたアイランドキッチン。白くペイントされた木製のダイニングテーブルと、お揃(そろ)いの椅子(いす)が二脚ある。リビングの中心を大きなソファが陣取っていた。その上に、外国製と思われる可愛らしいシャンデリアがぶら下がっている。間接照明があちこちで部屋を柔らかく照らしていた。

キッチンの棚の前に立った吉川さんが、淡々と説明を始める。

「こちらに食器は揃(そろ)っております。家電は全て使えるようにしておきました。説明書がございますのでお読みください。食料品、飲料類は私が先ほど調達して参りました」

「あ、ありがとうございます」

「寝具やタオル、少しですが衣類などは専務が選びました」

「神谷くんが？」

「あなたの肌に直接触れるものは、専務ご自身で選びたいのだそうです」

意味深な言葉を受けて心臓が音を立てる。神谷くんのその言動は、私に好意を向けているようにしか思えない。けれど、私たちはそういう関係ではないのだから、落ち着かなくては。

私が彼の恋人だと信じさせるために、神谷くんはわざとそういう言い方をしたのだろうか。吉川さんはこの偽装恋人の件を知らないの？　あとで神谷くんにしっかり確認しておこう。

リビングの横は、フレンチテイスト満載のロマンティックな寝室になっている。リビングのものよりも華奢(きゃしゃ)で小ぶりなシャンデリアが下がっていた。生成(きな)りに淡いラベンダー色とくすんだピンク色の花柄がプリントされた寝具は、大人っぽい可愛らしさがある。ベッドサイドのチェストはクリーム色で、取っ手はガラス製のアンティークのようだった。お揃(そろ)いのドレッサーまである。

壁一面のクローゼットをひらくと、ほわんとよい香りが漂(ただよ)った。職場に着ていけそうな洋服が一週間分以上かかっている。加えて、ワンピースが数枚と、どこへ着ていくのかわからないパーティー用のドレスが数枚。ショールや帽子、ブランド物の靴やバッグ、なぜか水着まで揃(そろ)っている。

「お部屋のクリーニングは全て済んでおります」

「いつの間に、こんな用意を？」

「……急がせましたので」

お部屋のクリーニングや衣類は別として、いくら急がせたといっても家具や食器や家電が、たったの三日で揃(そろ)うのは早すぎないだろうか。まるで、私がここへ入ると決まる前から準備されていたかのように、手際がいい。

「一階にジムやジャグジーのあるフィットネスセンターがございます。クリーニングや宅配便はフロントデスクへお出しください。隣接するホテルのレストランからの出張料理、ルームサービスもご利用可能ですので、こちらのパネルからコンシェルジュにお申しつけを。十五階のバーラウンジとカフェのご利用はお時間にお気をつけてください。その他のサービスの内容はここに書いてあります。玄関はオートロックで、さきほどのカードキーをかざせば開きます。エレベーターも――」

な、何を言っているのかわからない。

「それと、こちらがお部屋の住所です。賃貸契約書は専務がお持ちです。住所変更などの手続きはご自分でなさってください。予備のカードキーはこの封筒に入っております」

ここに？　私が？　住むの？　本当に⁉

「車⁉　い、いえ電車で行きますので大丈夫です」

「明朝、ご出勤時にお車を手配いたします。何時頃がよろしいでしょうか」

「かしこまりました。それでは私はこれで、失礼いたします」

「吉川さん。あの、本当に本当に、私がここに住むんでしょうか？」

「のちほど専務がこちらへ参ります。そのときにご相談ください。二十二時頃になると思われますが、いかがでしょうか」

神谷くんに直接言おう。こんな豪華なところには住めないって。

「ええ、大丈夫です。お待ちしていますと伝えてください」

神谷くんを待つ間、することがないので、家電の取り扱いやお風呂の入れ方等の説明書を読んでいた。吉川さんが買っておいてくれた有名店のカツサンドを部屋を汚さないよう気をつけながら食べる。

かなり時間が経ったあと、柔らかな音が室内に鳴り響いた。何の音かと慌てて立ち上がる。周囲を確認すると、リビングの壁に設置されたタッチパネルが光っていた。画面に神谷くんが映っている。

「は、はい！」

「こんばんは。お邪魔してもいいかな」

彼の声に胸がきゅんとなる。何なの、このドキドキは。

「はい、どうぞ。今開けます」

説明書を読んでおいてよかった。そう戸惑わず、ロックを解除できる。

ほどなくして玄関のインターホンが鳴った。彼だと確認してから玄関へ急ぎ、ドアを開ける。

「こんばんは」

ネイビーのスーツを着た彼の笑顔に、またもや心臓が反応した。

冷静にならないとダメ。とにかく部屋についてしっかり話し合わなくては。

「こんばんは。どうぞ」

リビングのソファに座ってもらい、吉川さんが用意してくれたドリップコーヒーを淹れて、彼に出した。

「ありがとう。どうだった？　会社のほうは」

「皆さん、とてもいい方ばかりで働きやすそうだし、何より音楽教室なんてすごく嬉しくて張り切ってるの。紹介してくれた神谷くんに、ご迷惑かけないよう頑張ります。ありがとうございました」

「それはよかった。……ところで」

コーヒーテーブルにカップを置いた彼が、座ろうとしない私を見上げる。声色が変わった気がして緊張が走った。

「吉川が焦って僕に報告してきたんだが、この部屋が気に入らないって？」

「ち、違うの！　とても素敵だし素晴らしいと思う」

「じゃあ問題ないね」

「そうじゃなくて、素敵すぎてダメなの。こんなに豪華なところは私には無理だし、あなたに家賃を払ってもらう義理はないもの」

「この前言ったように、ニセとはいえ僕の恋人になってもらうことで君には不便が生じる。それを強要するんだ。これくらいはさせてくれと言っただろう？」

「あ！」

私の手首を掴んだ神谷くんが、ソファから立ち上がる。この前と同じように彼の香りに包まれてしまった。

「お願いだと言っても、聞いてはくれない？」

肩を抱かれて耳元で囁かれる。彼の熱い息が耳にかかり、ぞくりと感じてしまう。

「でも」

「君がセキュリティのしっかりした場所にいてくれれば、僕も安心なんだ。本当に頼むよ、ね？」

甘えたふうな言い方をされて嫌だとは言えず、小さく頷いてしまった。そこまで言われたらもう、拒否のしようがない。

「本当に迷惑じゃないの……？」

「大歓迎だよ。お願いだから、僕のそばにいてくれ」

「っ！」

神谷くんは女子が簡単に落ちそうな言葉を甘い声で次々に差し出してくる。これこそ勘違いしないように気をつけなくては。

「あの、吉川さんは私たちがニセの恋人だって知っているの？」

「あ、ああうん、まぁ、そうだね。知っているね」

神谷くんの目が泳いだ。何か一瞬、動揺したような？

吉川さんが知っているというのなら、吉川さんの前では恋人っぽく振る舞わないほうがいいのだろうか。少し混乱してきた。

「神谷くん、あの」

「違うよ」

「違う？」

「僕のことは『貴志』って呼んでくれないと困るな」

「えっ！」

「僕も『寧々』と呼ばせてもらう。愛し合う恋人同士なんだから自然にね、寧々」

にっこり笑った彼に顎（あご）を持ち上げられた。何もかも本物らしくしろということなのね。

「ほら、僕のことを呼んで」

「た、貴志くん」

恥ずかしくて目を合わせられない。

「できれば呼び捨てがいいんだけどなぁ」

神谷くんはどこまでも楽しそうだ。中学生の頃もこんな感じで彼によくからかわれていたような。

「僕はこのマンションの上階に住んでいる。困ったことがあれば、いつでも呼んでくれてかまわないからね」

「このマンションに住んでるの⁉」

「ああ、二十四階だ。困ったときに限らず、寂しいときも必ず呼ぶんだよ寧々。いいね？」

端整な顔とコーヒーの香りが近づいてくる。このままじゃ、またキスされちゃう……！

「かっ、神谷くん」

「ほら、名前」

「んっ！」

不機嫌な表情に変わった神谷くんが、私の唇を塞(ふさ)いだ。

「あっ、ちょっと、んんっ、んっふ……」

咄嗟(とっさ)に顔を離したのに、すぐにまた唇を重ねられた。じっくりと口の中を舐(な)められ、体中が熱くなっていく。私を抱きしめる彼の手が、甘い鎖のようにじわじわと体を締めつけた。

「言わないと、もっとするよ」

キスを解いた彼が低い声で言った。ぐったりした私の顔を覗(のぞ)き込んでいる。もう、降参だよ……

「た……貴志」

「間違えたらこうしてキスすることにしよう。この程度で音(ね)を上げるようじゃ、ニセの

「恋人だとすぐにバレてしまうからね。もっと僕と接することに慣れてもらわないと」

神谷くんは満足げに微笑んでいる。私は腰が砕けそうだというのに、彼はずいぶんと余裕だ。何だか悔しくなった私は口を引き結んで、彼をにらんだ。

クスッと笑った彼はようやく私から離れて、ソファの横に置いてあった鞄を手にする。

「寧々。明日の朝は何時頃に家を出る？」

「八時四十分くらいの予定……」

「わかった。仕事頑張ってね。おやすみ」

「おやすみ、なさい」

神谷くん……もとい貴志が部屋を出ていくのを見送った。

頭の中でも『貴志』と呼んでいないと、うっかり神谷くん、と言ってしまいそうだ。そうしたらまた、さっきのようなキスが降ってくるわけで。

「はぁ……」

こんなの身がもたない。まさかこの先、これ以上の関係を求められることはないよね？

再び説明書を取り出して湯船にお湯張りをした。

「家で湯船に浸かりながら都心の夜景が見られるなんて、贅沢すぎ」

ちょうどいい湯加減のお湯に浸かり、ここ数日間に起きたことを考える。

二十九歳の誕生日は、貴志と再会する直前まで不幸続きだった。けれど彼に再会した直後から、お姫様みたいな扱いをされて、洋服やコンサート、新しい職場、そしてこのとんでもない部屋を与えられて……まるで映画の主人公にでもなったみたいだ。

でも勘違いしてはいけない。彼にとっての本当のヒロインは、私ではないんだから。

「あ……そうか」

もしかしたら、貴志は誰がいつここにきてもいいように、前々から部屋を整えていたのかもしれない。私に出会わなかったら、別の人にお見合いを壊すことを頼んでいたはずだ。そしてその人に「ニセの恋人になってほしい」とお願いしたんだろう。

貴志のお見合い取りやめが成功したら、私はお払い箱。ここを出ていかなくてはいけない。だったらもうひらき直って、この期間限定のセレブ生活を楽しませてもらおうか。考え込んだって仕方がない。困っている彼を助けることに徹しよう。

彼を見て、いちいち胸きゅんしてる場合じゃないんだから。


翌朝、七時に目が覚めた。九時半出勤なので、まだまだ時間に余裕があるのは嬉しい。

「ドレッサーでメイクするの、憧れだったんだよね」

朝食後寝室のドレッサーの前に座ってひとりごちる。前のアパートでは折り畳みの座卓の上に卓上ミラーを置き、それを見ながらメイクをしていたのだ。ボストンバッグに詰めていた化粧品を並べる。

「んー、やっぱりメイクのノリが違う気がする！　って、気のせいか」

部屋のインターホンが鳴った。昨夜貴志がきたときと同じ音だ。朝から誰だろう。

「はい」

液晶パネルに女性のコンシェルジュが映っている。

「伊吹様、おはようございます。フロントデスク、コンシェルジュの村田です」

「おはようございます。何かありましたか？」

「二四〇一号室の神谷様から、朝八時頃に伊吹様へお花をお届けするようにと承っております。お部屋へお届けしたいのですが、ただ今のご都合はいかがでしょうか」

「お花？」

「こちらのものです。ご都合がお悪いようでしたらフロントで保管しておりますので、お声をかけていただくか、お好きなお時間をご指定くださいませ」

女性がお花の入ったカゴをパネル越しに見せた。

「あ、いえ、まだ部屋におりますので、今お願いします」

「かしこまりました。では、ただ今お伺いいたします」

貴志が私にお花を……？

「わぁ、綺麗！」

零れそうなほどたっぷり入った真っ白い薔薇と、爽やかなグリーンをアレンジしたバスケットをコンシェルジュから受け取る。玄関に甘い香りが広がった。

「素敵なアレンジメントでございますね」

「ええ、本当に」

コンシェルジュの女性とふたりで微笑み合ってしまった。こんなことをしてもらって嬉しくない人なんていないもの。

「ところで、ハウスキーパーのご用意はいかがいたしましょうか」

「い、いえっ！　自分でしますので、大丈夫です。はい」

そんな生活に慣れてしまったら、ここを出るとき、元の生活に戻れなくなってしまう。

「ご利用の際はいつでもフロントデスクまでご連絡ください。では失礼いたします」

「ありがとうございました」

ドアを閉めて、改めてお花のバスケットを見る。

「すごくオシャレ。どこのお店のアレンジだろう。あ、カードが入ってる」

――おはよう。昨夜はよく眠れた？　呼び捨てしないと、またお仕置きだからね。

貴志
「なっ、何なの、もう」

お仕置きの意味を即座に理解して、ぼわっと顔が熱くなる。リビングのテーブルにお花を置き、窓の外へ目をやった。

朝からお花をプレゼントをされて、外を見れば都心の美しい街並み。部屋は広いし、ベッドは大きいし、寝心地最高だったし。貴志の奥さんになる人は幸せだね。

お金持ちということに加えて、優しくてイケメンで、キスも上手で、少し強引だけど嫌だと思わせないスマートさが素敵で。

貴志の本物の恋人になって、お嫁さんになるのはどんな人だろう。彼に見合う女性は、私が想像もつかないセレブだろうな。大企業のお嬢様、官僚の娘、人気アナウンサー、もしかしたら外国のお姫様かもしれない。私が住む世界とは全く別の世界の話だ。

当然のことを自覚すると、何ともいえない寂しさが胸を横切った。


新しい職に就き、引っ越しをしてから二週間が経った七月の中旬。梅雨は明け、暑い夏がやってくる。

「お父さんお母さん、ただいま。ここには慣れてくれた？」

仏壇の前に座り遺影に話しかけた。ふたりの笑顔が何となく苦笑いをしているように見える。

「……慣れないよねえ。私も全然慣れないもん。シュークローゼットが前のアパートの部屋と同じ広さだなんて、全くもって信じられないよね」

私も笑いながら、仕事帰りに買ってきたフルーツタルトを仏前に供えた。ふたりは子ども私よりも甘いものが好きだった。父も母も新作のケーキをしょっちゅう買ってきては、三人で食べたのを思い出す。幸せそうな両親の笑顔を見ながら、私も幸せだなぁと思う瞬間が大好きだった。

「仕事はね、だいぶ慣れたの。皆とも仲よくなってきて、すごく楽しいんだ。トランペットの教室もあってね、私もまた吹きたくなってきちゃった」

貴志もそんな気持ちになることがあるのかな。いつかまた一緒に、演奏をしてみたい。

「さて、と。夕飯の支度してきます」

立ち上がると同時にスマホの着信音がした。

『明日の朝、僕の部屋で一緒に朝食をとらない？　寧々は休みだよね？』

貴志からのメッセージだ。彼は仕事が忙しいらしく、ここのところ連絡はなかったので久しぶりだ。

『貴志のお仕事は？』

『昼までは時間があるんだ。九時頃に待ち合わせしよう。君は何も準備しなくていいからね』

『うん、わかった。ありがとう。お邪魔します』

スマホをテーブルに置いてからハッとする。

気軽に返事をしたけれど、貴志の部屋へ行くんだ。そこでは当然ふたりきりに……

まぁでも、朝っぱらから変な雰囲気になるわけがないか。彼は昼すぎからお仕事だというし、私が名前呼びに気をつけていればいいだけの話。二十四階のお部屋がどんなものかも興味があるし。

私は鼻歌を歌いながら缶ビールを開け、昨晩の残り物の肉豆腐を温めた。

翌朝九時前に、貴志からメッセージが入る。

彼のいる部屋とこちらの部屋はセキュリティーゲートが違うらしく、私の階から直接彼の部屋の階へ行くことができないのだ。

ということで、マンションの共有部分となる十五階のカフェで待ち合わせをした。

カフェへ行くと、貴志はソファにゆったりと座って新聞を広げている。

カーキ色のTシャツに、白い綿パンというごく普通の格好なのに、何であんなにも様になっているんだろう。シンプルなものを素敵に着こなすのは難しいはず。それに、細いと思っていたけれど、意外としっかりした体つきをしてる……って、どこを見てるのよ、私は。

「あ、おはよう、寧々」

私に気づいて新聞を畳んだ彼が微笑む。

「おはよう。お待たせしました」

「僕も今きたところだ。その服、とてもよく似合ってるよ」

「貴志が用意してくれたんだよね？」

「ああ。女性の服選びっていうのは楽しいもんだね」

　本当に彼が選んでいたとは驚きだ。

　クローゼットにかかっていた上品なストライプ柄のシャツワンピースは、さらりとした綿素材でできていた。ラインは大人っぽく、決してカジュアルになりすぎない。ためらいはあったが、せっかく用意してくれたのだからと着てみて正解だった。

「どうもありがとう」

「いや、気に入ってくれたなら僕も選んだ甲斐があったよ」

　満面の笑みを向けられる。本気で言ってそうな雰囲気に戸惑った。

　ふたりでカフェを出て、私が使っているのとは別のエレベーターに乗る。

「本当は自由に僕の部屋へきてもらいたかったんだが、面倒でごめん」

「そんな、貴志が謝ることじゃないよ」

　さっきから「貴志」と呼んではいるものの、妙に恥ずかしい。中学のときからずっと私の中では「神谷くん」だったから。

「君の部屋も僕と同じ階がよかったんだけど空いてなくてね。これぱかりは無理を言えないから、仕方がないか」

残念そうにため息を吐いている。

セキュリティーゲートが違うのは、二十階から上はセレブリティ扱いになるからだそうだ。その階にもうひと部屋を借りようなどと、正気の沙汰とは思えない。でも貴志のようなお金持ちにとっては、たいしたことではないのだろう。

私が彼の金銭感覚に苦笑いしているうちに、貴志の部屋の前まで着いた。

「さあ、どうぞ」

「お邪魔しま、す……わ、うわわわー！」

玄関の広さが私のところの三倍はある。三メートル近く幅がありそうな廊下の両側に大きなドアがあった。廊下の突きあたり、正面のドアを開けるとリビングが現れた。

「な、何なの、ここは……！」

広さが尋常ではない。私の部屋のリビングが二十畳くらいだから、その倍はある。ということは四十畳⁉　ううん、もっと広いかもしれない。五十畳？　考えるのが怖くなるくらいに広い。

彼はアイランドキッチンに立ち、何かの準備を始めた。ダイニングテーブルと椅子はシンプルな作りのシルバーメタルで、リビング中央の黒いソファは柔らかそうな革張り。巨大なガラス窓は壁の二面が使われている。ここは角部屋だ。窓の外は真っ青な夏の空が広がっていて、都心の街がどこまでも見える。とにかく眺望が素晴らしい。

窓のない側の壁に沿って幅広の階段がある。吹き抜けのリビングを見上げると、ロフトのような作りの二階があった。

「すごーい、すごいすごい！」

マンションの部屋に二階があるなんて、テレビでしか見たことがない。吹き抜けの天井がとても高く、あちこちに埋め込み型の間接照明が配置されていた。夜はとても雰囲気がありそうだ。

濃いブラウンの床板にモノトーンとシルバーの家具でシックにまとめられたインテリアは、私の部屋と違って甘さはなく、いかにも大人の男性の部屋といった感じだった。

「素敵……！」

「寧々、大げさだよ」

貴志が笑いながらコーヒーを淹れている。

「だって本当にすごいんだもの。こんなところ見たことがない……！」

「あとでじっくり全部見ていいから、先に食べよう。ほら冷めてしまうよ、座って」

興奮する私の背中を押し、ダイニングテーブルに着かせてくれる。既に朝食が並んでいた。

「わぁ、おいしそう！」

カゴに入ったクロワッサン、瑞々しいトマトとカマンベールチーズのサラダ、ベーコンと玉子が添えられたパンケーキに、オレンジやパイナップルが彩りよく並び、食欲をそそる。金色のコンソメスープまであった。

「これ、全部貴志が作ったの？」

「いや、ホテルのルームサービスを利用したんだ。僕がしたのは、スープを温め直してコーヒーを淹れたことくらいかな」

そういえば隣接するホテルからいろいろ頼めるんだっけ。

「好きなだけ食べて、寧々」

「いいの？　こんなに」

「いいに決まってるじゃないか。僕と君しかいないんだ。遠慮することはないよ」

早速いただきますをしてスープを飲み、カゴの中のパンへ手を伸ばした。

「ねえ、このクロワッサン、サックサクだよ！　バターの風味がたまらない、おいしい！」

「よかったね」

先日ランチをしたとき同様、また笑われてしまった。はしゃぎすぎてしまって恥ずかしい。

「寧々は、食べものの好き嫌いはないの？」

「あんまりないかな。においが強いものは少し苦手かも。大好物なのはクロワッサンだから、すごく嬉しい。貴志は？」

「僕も大抵何でも食べるよ。好きなものは魚介類だね。嫌いなものはあまりないけど、強いて言えばきくらげかなぁ。ぐにぐにコリコリしてて、ちょっとね」

「なんか可愛い」

顔を歪めた彼がおかしくて、噴き出してしまった。

「笑いすぎ。寧々はい、あーんして」

「えっ!?」

フォークに刺さったベーコンが私の前へくる。焦る私に貴志が口を尖らせた。

「恋人同士なんでしょ僕らは。いちいち戸惑ってたら身がもたないよ。ほら、あーん」

貴志の言う通りだ。一度決めたことなんだもの。彼に合わせて普段から恋人役を演じ切らなければ。恥ずかしがっている場合じゃない。

「あ……あーん!」

動揺しまくりの内心を押し隠して、勢いよく口を開ける。

厚切りのベーコンは表面がカリッとしていて歯ごたえがよく、中からじゅわっと肉汁が溢れた。ブラックペッパーの香りと辛さが、ベーコンによく合う。

「んっ。……おいしっ」

「じゃあ、僕にもお願い」

当然そうなるよね。フォークにトマトを刺して彼の前に、おずおずと差し出す。

「ど、どうぞ」

「あーんって言ってよ。ほら、練習練習」

いじわるじゃなくて、彼なりに本気で演じているのよね、きっと。

「あーん……して」

「何だか色っぽい声だね」

嬉しそうに大きな口を開けた彼は、トマトをもぐもぐと食べた。色っぽいなどと言われて、先日のキスがまた頭をよぎる。私は慌(あわ)てて話題を変えた。

「こ、この辺りって意外と緑が多いのね」

「そうだね。東麻布(ひがしあざぶ)のほうはもっと多いかな。今度、行こうか。うまいうなぎ屋があるんだ」

「本当？　うなぎも大好物なの」

「よし、じゃあ行こう」

朝ごはんはおいしいし、遠くまで見える景色が綺麗だ。お部屋は素敵で、彼は優しい……居心地がよすぎて、本来の目的を忘れてしまいそうになる。

フォークをお皿に置いた私は、貴志に向き直った。

「そろそろ聞きたいんだけど、いい？」

「改まってどうした？」

「お見合いを壊すというのは、具体的に私は何をすればいいの？」

「ああ、そうだね……」

彼はコーヒーカップを手に持ち、椅子(いす)の背もたれに寄りかかる。

「見合いの席に乗り込んで『この人は私の恋人なんですっ！』って、叫んでくれたら最高」

「えーっ！」

驚きのあまり、思わず身を乗り出してしまった。

「それで僕の手を引っ張って見合いの席から脱出する、なんていうのはどう？」

「ちょ、ちょっとそれは皆さんドン引きなんじゃ……」

「見てみたいけどなぁ。君のそんな姿」

貴志はのんきに笑ってコーヒーを飲んでいる。一瞬想像してみたけれど……ないない。

有り得ないでしょ、そのシチュエーションは。

「もう、からかわないで。お見合いはいつくらいの予定なの？」

「うーん……二か月くらい先、かな。近くなったら相談するよ」

「うん、お願いね」

お見合いを邪魔できずに失敗したら、私がここにいる意味がない。早めに作戦を練らなくては。

ふたりで食後の片づけをしながら訊(たず)ねる。

「ここは何部屋あるの？」

「一階に書斎と、使っていない部屋がひとつあるよ。二階は部屋と収納。二階も見てみる?」

「いいの?」

「どうぞ、行っておいで。ここはもういいから」

遠慮よりも好奇心が勝ってしまった。

ゆったりとした階段を上がると、キングサイズのベッドが置かれた広い部屋が現れる。ベッドには黒いカバーがかかっていた。チェストの上にベッドサイドランプと雑誌があるだけで、他は何もない。とてもシンプルな空間は二十畳はありそうだ。階段側と反対の壁が一面クローゼットになっている。

プライベートな空間をあまりじろじろ見てはいけない気がして、私は入口近くで立ち止まっていた。

「どう?」

いつの間にか貴志が階段を上ってきている。

「ここはベッドルームなのね。ごめんなさい、もう下りるから」

「入っていいよ」

「でも」

「君が見たいって言ったんじゃないか」

「ひゃあっ！」

ぐらりと視界が揺れ、浮遊感に襲われた。突然、貴志にお姫様抱っこをされた私は、すぐに、キングサイズのベッドへ下ろされる。

「ここからの眺めも最高なんだよ」

正面の大きな窓を彼が指さす。ベッドに座っていても外の景色がよく見えた。

「そうね、気持ちがいい。きゃっ！」

隣に座った貴志は私をベッドの上に押し倒した。目の前に彼の顔が迫る。油断した……！

「ちょっ、何するの!?」

「何って……僕ら、まだまだ恋人として親睦を深めていないなぁと思って」

彼は悪戯っ子みたいに、何かを企んでいるような笑みを浮かべた。これは、まずい気がする。

「あ、あの、落ち着いてよ、ね？」

「十分、落ち着いてるよ」

耳元で囁かれて、また抵抗する力が抜けてしまう。そんなに丁寧に髪を撫でられたら、私……

「だって、神谷くん」

「ほらまた間違える」

「っ！」

やってしまった！

不機嫌な声を出した貴志は私の両手首を掴み、ベッドの上へ組み敷いた。私の体の上にまたがり、呆れた表情でこちらを見下ろす。

「落ち着くのは寧々のほうでしょ。それとも、もしかしてわざと煽ってる？　キスの刑が相当お気に入りなんだね」

「そ、そうじゃなくて、あっ、んう！」

言い訳する間もなく、あっという間に唇を塞がれた。キスは次第に深くなっていく。手首を離した貴志は私の頭と頬をがっちりと押さえ、舌を絡ませた。

彼は食事の前にシャワーを浴びたのか、とてもいい香りがする。私の部屋のバスルームにあったシャワージェルと同じ香りだ。私もシャワーを浴びてきたから彼と同じ香りがすることを悟られたかもしれない。別にこういうことを期待していたわけじゃないけど……！

「貴志、ダメ、もう」

「まだだよ。間違えたらお仕置きだとカードに書いたじゃないか。わかってて間違える寧々が悪い」

「そんな、んんっ……んんっ」

顔を離したのは一瞬で、再び彼の唇に蹂躙されてしまう。ぬるぬるとした舌に何度も吸い付かれ、唾液まで舐め取られた。唇だけじゃなく心も体もとろけてしまいそう……キスを終えた貴志の荒い息が、私の耳にかかる。以前キスしたときに、耳が弱いことがバレてしまったみたい。執拗にそこばかりを攻めてくる。

「んっ、ふ」

耳の中にまで彼の舌が入り込む。迫る快感で頭の中が真っ白だ。どうすればいいの。このままじゃ私……彼にこれ以上要求されてしまったら拒む自信がない。

ふいにワンピースの裾に手を置かれた。少しずつめくられる布が肌を滑る。温かな貴志の指が私の太腿をゆっくりと撫で始めた。

「寧々……」

「あっ、や」

ほんの少し触られているだけなのに、ぞくぞくして体が跳ねてしまう。キスと同様にこんなこと久しぶりだから、よけいに感じてるの？　ううん違う、それだけじゃない。相手が貴志だからだ。貴志だから私、こんなに……

体をよじって逃げようとしても、彼の手のひらは私の肌に吸い付いたかのように離れてはくれない。内腿をさすったり、優しく揉んでいる。体の芯が熱くてたまらない。

「もう、ほんとに、ダメ……ッ」

何とか声を振り絞ると、貴志が大きく息を吐いた。

「残念、タイムリミットだ。仕事へ行かないと」

彼は体を起こしつつ、私の太腿から手を離した。咄嗟に私はワンピースの裾を直す。

助かったのに、何だか物足りない。もっと触っていてほしかったような……って、何なのこの感情は。

「髪が乱れちゃったね、ごめん」

「……大丈夫」

私の背に手をあてて、貴志はベッドから起こしてくれた。

迫られたり、からかわれたり、ときに優しく扱われて……気持ちが混乱しちゃってる。

貴志は私と一緒にエレベーターへ乗り、部屋の前まで送ってくれた。

「また一緒に朝食とろうね。約束だよ」

「……うん」

「嫌だった？」

「そんなこと、ないけど」

「それはよかった」

私の手を握りながら、空いているほうの手で私の髪を弄ぶ。顔の火照りがなかなか鎮まらない。

「お盆が明けたあとの月曜……君の職場の定休日だと思うんだが、その日は空けておいてくれる？」

「お盆明け？　ずいぶん先の話なのね」

「しばらく仕事が忙しくてゆっくり時間を取れそうにないんだ。詳しいことは、その日が近くなったら連絡するよ。じゃあ」

「ごちそうさまでした」

「僕のほうこそ……ごちそうさま」

貴志は意味深に笑い、自分の部屋へ戻っていった。

ごちそうさまって、さっきのベッドの上でのアレコレのこと？

部屋に入ってドアに寄りかかる。まだ何となく熱い自分の体を両手でそっと抱きしめた。

貴志の優しいところは変わっていない。でも、あんな男っぽい強引さは、再会して初めて知った。昔の彼とのギャップが私をドキドキさせる。恋人役になるためとはいえ、こんなことまでしていいのだろうか。今後もエスカレートしないという保障はどこにもない。

「……でも」

お互い、二十九歳のいい大人だ。体の関係ができたからといって、それが何だというのだろう。いっそのこと、そうなってしまったほうが恋人らしく振る舞えるのでは？

「ううん、やっぱりダメ」

キスだけでこの有様だ。体を重ねたら、私の気持ちがどうなるかわからない。それが原因で貴志との関係がおかしくなれば、契約を守れなくなる。ここまでお世話になっておいて、それでは申し訳ないにもほどがある。

かといって、彼に触れられても全然嫌じゃないんだから、次に迫られれば拒否できなさそうだ。でもこじれるのは嫌。もう、どうすればいいの。どうしたいの私は。

大きくため息を吐いた私は、自分を抱きしめたままその場にしゃがみ込んだ。

夏の太陽が厳しい、午後三時。お盆休み中に都内のカフェで、友人の実加とお茶をした。

「大変な目に遭ってたんだねえ」

冷たい辛口のジンジャーエールを飲んだ実加が眉を下げる。

「ありがとね、すぐ連絡くれて」

「寧々のほうから勤務時間内に連絡してくるのは珍しいから、驚いたよ」

「ちょっと焦っちゃって」

「そりゃ焦るわよ。それにしても、重なるときは重なるものなのね」

スマホを落とす直前に、コンビニの外で連絡をした相手のひとりが実加だった。

「とりあえず、今はウィークリーマンション的なところにいるんだっけ？」

「うん、そう」

あそこのマンションにはいつまでいられるかわからないし、貴志とのことを口外するのはまずい気がして、彼女にはそのように話していた。

「それならいいけど、管理会社側に踏み倒されたりしちゃダメだよ？　しっかり請求するんだよ？」

「うん。それは大丈夫」

「もし引っ越すなら保証人のこととかあるんだしさ。言ってね」

「ありがとう。頼りになるね」

「あ、当たり前でしょ。頼りにしてよね」

実加は、私が上京してすぐに就職した工場の事務の同僚だった。彼女はその後、医療事務の資格を取って病院に勤め、そこの開業医と結婚した。仕事を続けながら、とても幸せに暮らしている。気さくな性格で面倒見がよく、何だかんだとひとりでいる私のことを気にかけてくれていた。

貴志のお見合いが終わったあとに、すぐ引っ越せるようなアパートを見つけたらお言葉に甘えて、保証人をお願いしてみよう。

お盆休み明け、今日は朝から音楽教室の受付を担当している。

「おはようございまーす。今日もよろしくお願いします」

「米田(よねだ)先生、おはようございます。お休みの生徒さんから連絡がありましたよ」

受付にきた教室の先生に連絡事項を告げた。

午前中は未就園児とママが一緒に楽しめるクラスだ。先生のあとから次々に生徒さんたちが部屋へ入っていき、ようやく受付ロビーが静まった。受付の背後にはデスクが向き合って置かれ、そこが事務の場所となっている。

数分後、教室の出入口に人影が映った。ドア枠以外は透明なので、こちらから外の様子がよくわかるのだ。今日の事務担当をしている佐々木さんが声を上げた。

「ねえあれ、専務の秘書の吉川さんじゃない？」

「本当だ。ということは専務もきてる⁉」

貴志がいるかもしれない。そう思った途端、胸がきゅんっと痛くなる。

「あー……いないみたいだね。残念」

入ってきたのは吉川さんだけだった。そこにいる女性全員が肩を落とす。

貴志ってばモテるのね。あんなに素敵でモテる要素満載なら当然か。

吉川さんが、まっすぐ私の前にくる。ここはまず普通に挨拶からで、大丈夫だよね。

「お疲れ様です」

「お疲れ様です。仕事には慣れましたか、伊吹さん」

相変わらずクールな表情で私を見下ろしている。そういえば、お部屋に案内してもらった日以来会っていなかった。

「ありがとうございます。皆さんがよくしてくださるので、だいぶ慣れました。頑張ります」

「そうですか。では」

吉川さんは表情を変えずに楽器店へ行ってしまった。職場での私の様子を見るよう貴志に頼まれているのかもしれない。

「ね、吉川さんが伊吹さんを面接したんでしょ？」

一緒に受付をしている佐藤さんが私に訊ねる。

「え？　ええ」

そういうことになっているのね。焦っている場合じゃない。適当に合わせないと。

「吉川さんて、クールで何考えてるのかよくわからないけど、ものすごく仕事ができる人なのよね。でもちょっと怖そうだから、気軽に声がかけられないの」

「確かにクールな感じですよね」

佐藤さんと顔を見合わせて笑う。私と同じ印象を持っていることにホッとした。

お昼休み、皆でランチを食べにいく。その間、教室の受付と事務は店長がしてくれた。

近所の定食屋さんは一見、カフェのようにオシャレだ。いつもたくさんの女性客で賑わっている。

「最近、専務こないよねえ」

照り焼き定食をお箸でつつきながら、佐々木さんがため息を吐いた。

「私たちのモチベは、専務の姿を拝めるかどうかに左右されているというのに」

「ほんと、それ。専務はもともと忙しい人だから、店ができた当初にたくさんこっちへきてくれたのは奇跡なんだよね。あんなことはもう二度とないのよ、寂しいけど……！」

佐々木さんの隣に佐藤さん、私の隣には島田さんが座っている。事務仲間の女性たちだ。

「専務って人気なんですね」

私は親子丼定食のお味噌汁を手にして呟いた。私の知らない彼の姿を聞いてみたくなる。

「伊吹さん、専務を見たことあったっけ？」

「ええ、その、面接のときにチラっと……？」

まずいまずい。そういえば職場では貴志に会ったことがないんだった。

ふうん、と頷いた島田さんが彼についての解説を始める。

「超エリート御曹司の肩書きに、あのイケメンじゃ騒がれて当然だと思わない？　なのに意外と堅物で、どんな女性の誘いにも乗らないって有名らしいのよ」

「そりゃあ一般人になんか見向きもしないでしょ。いずれは、どこかのお嬢様と結婚するんだから。どんな人なのか想像もつかないけど……」

佐藤さんと佐々木さんも先を争うように話し続ける。

「財界人や政治家の娘、女優に女子アナ、モデルもありか。芸術家もいいわね。お嬢様ピアニストと、どこかのホールで出会って恋に落ちて、とかありそうじゃない？」

「いいなぁ。想像だけでお腹いっぱいだよ」

「そんなこと言って、全然食べる手は止まってないじゃない」

「今のはそういう意味じゃないの。現実のお腹は減ってるの」

皆で笑いながら楽しい食事が進んでいく。年が近い人ばかりなので気が楽だ。

「音楽教室も二か月か。月日が経つのは早いよね」

既婚者である島田さんが呟いた。

「もしかして、できたばかりの教室なんですか？」

「伊吹さん、面接のときに聞かなかったの？　教室がある商業ビルも神谷グループのものなんだけど、それまでビルの中にはなかった楽器店と音楽教室を入れることになったの。急なことだったらしくて、私たちは別の楽器店や音楽教室からの寄せ集めというわけ」

「選り抜きと言ってほしいなぁ。でも、本当に突然だったのよね。どうやら専務がこの話に乗り気で、急ピッチで店舗作りを進めさせたらしいの。専務は普段、ホールや劇場のほうの仕事で忙しいと聞いているのに、こっちの様子をしょっちゅう見にきていたのよね」

「この辺のサラリーマンやOLたちが仕事帰りに楽器を習いにくるのを狙ったんじゃない？　マンション建設が続いているせいか、ファミリー層も意外とくるし」

お店ができた経緯を聞いたことはない。彼に仕事を紹介され、再び音楽にかかわれることが嬉しくて気にも留めていなかった。

「音楽ホールにも携わっている会社なんですよね。こちらで働く前は、ビルの建設や不動産が主だと思っていました」

「意外と知られていないのよね。神谷グループの文化事業の一環として、美術館や博物館の建設と運営も行っているわ。専務は社長の補佐をしつつ、今は文化事業全般にかかわる部門の代表をしてる。彼のお父様……現社長も、若いときは専務と同じようにグループの事業内を数年ずつ回っていたみたい。全ての仕事に携わってからCEOに就任したそうよ。専務もいずれそうなるんでしょうね」

先日私と行った赤坂の音楽ホールも、彼の会社が経営していることをあとから知った。テーブルへ運ばれた熱いほうじ茶に手を伸ばす。エアコンで知らぬ間に冷えていた体にはありがたい。そろそろ食事が終わるという頃、佐々木さんが言った。

「私たちがもといた楽器店や音楽教室も神谷グループの傘下なの。だから伊吹さんが入ってきたときは驚いたんだよー。全くの新人さんは、あなたが初めてだったから」

「そうなんですか？」

私の問いかけに、佐々木さんがぽかんと口を開けた。なぜか私の後ろを見つめている。何があるのかと振り向こうとしたとき、後ろから私の両肩にそっと手がのせられた。

「やあ、こんにちは」

この声は……！

「専務！」

きゃーと一斉に悲鳴が上がる。周りのお客さんが何事かとこちらを振り向いた。

「皆、お疲れ様。お店はどう？　順調にいってるかな？」

何という穏やかで優しげな声。私が赤面する必要はないのに、顔が熱くなっていくのがわかる。何をどぎまぎしてるのよ、私は。

「は、はいっ！　たくさん生徒さんが入ってくださっていますし、楽器店のお客さんの入りも順調です」

「そうか、ありがとう。皆のおかげだね。今後ともよろしく頼むよ」

「それはもう、はい。頑張ります！」

皆も、興奮のあまり頬が紅潮している。

「ところで伊吹さん。食べ終わったらちょっと、いいかな?」

後ろから私の顔を覗き込んだ貴志が、人差し指で出入口を差した。な、何?

「あ、はい」

「外で待ってるよ。じゃあね、皆さんごゆっくり」

「お疲れ様でした!」

笑って手を振る貴志に、皆は満面の笑みで挨拶をした。彼が店を出たと同時に全員の視線が私へ突き刺さる。

「伊吹さんっ!」

皆の勢いが怖い! 当然、貴志と私がどういう関係なのかを追及されるよね。頭をフル回転させて、一番よさそうな回答を組み立てる。

「ちょっ、ど、どういうこと!?」

「伊吹さん、専務と知り合いなの!?」

皆は身を乗り出して、私に同じ質問をした。

「知り合いというか、以前勤めていた音楽雑貨店の社長と専務が知り合いで、それでお仕事を紹介してもらったので、その関係の話があるのではないかと。前の会社は倒産してしまいまして」

ものすごい早口になってしまった。かえって怪しまれたらどうしよう。という懸念は、すぐに払拭(ふっしょく)された。

「倒産したの？　大変だったのね」

「あまり言いたくないことよね、ごめんなさい」

皆は同情の視線を私へ向けている。倒産したのは本当のことなんだけど……他のことは騙(だま)しているわけだから罪悪感に胸が痛む。

「いえ、いいんです全然！　こちらこそ気を使わせてしまって、すみません」

「ね、専務が外で待ってるんでしょ？　早く行ったほうがいいんじゃない？　支払いはあとで受け取るから」

「そうだよ、行っておいで」

皆に促(うなが)された私は、先にお店を出させてもらった。教室に戻るのが遅れたら店長に言っておくからね、という言葉までもらう。皆、いい人だな。

定食屋前のパーキングに黒塗(くろぬ)りの車が停まっていた。貴志の送迎車だ。駐車場をゆっくり出てくる車に急いで近づく。降りてきた運転手に促(うなが)され、後部座席に乗り込んだ。

「ごめんなさい。お待たせしました」

「いや、こちらこそ食事中にすまないね。その辺を一周しようか。出してくれる？」

「かしこまりました」

　私がシートベルトを締めたのを確認して、車が発進する。

　貴志の姿を見るのは三週間ぶりだ。朝食時に彼の部屋に誘われて以来、顔を合わせることがなかった。とはいえスマホで連絡は取り合っていたので、彼が出張で海外に行っていたことや、休みなく働いていたことは知っている。

「急にどうしたの？」

「今度の月曜、約束していたデートのことなんだが、覚えてる？」

「もちろん」

「そうか。場所は東京湾クルーズでどう？」

「わざわざ、それを伝えにきたの？」

「近くで仕事があったついでにね。店長に君らがよく行くランチの場所を聞いてきたんだ。そういう君の様子も見たいと思って」

　クスッと笑った彼に釣られて、私も小さく笑う。

　同僚たちの話を思い出した。貴志は今、社長の補佐をして、音楽ホールや劇場の経営、楽器店や教室の細々したことに携わっている。いずれはまた別の事業に配属され、そしていつか社長になるのだろう。本当にすごい人なのだと改めて思う。休む間もなさそうなのに私とデートなどしていていいのだろうか。

　貴志の横顔を見つめていると、私の視線に気づいた彼がこちらを向いた。

「ああいう場にいると、皆にバラしたくなるね」

「何を？」

呟いた彼の言葉に首をかしげる。

「君が僕の恋人だってこと」

「ダッ、ダダダ、ダメよ！　絶対にダメ！　何を突然、とんでもないことを」

「どうして？」

「どうしてって、皆からにらまれちゃうよ。せっかく紹介してもらった職場で働きづらくなるし……。それに貴志は有名人なんだから、週刊誌とかに追いかけられる可能性はないの？」

「本当は僕にそういう噂が出たほうが手っ取り早くていいんだが、寧々を不快な目に遭わせるわけにはいかないか」

週刊誌の部分を否定しないところが恐ろしい。

確かに周囲も貴志の恋人は私だと思っているほうが、説得力はあるかもしれない。だけど、あまり大っぴらにしてお見合いまでにボロが出て、私が本当の恋人ではないとバレたら、この計画は無意味になってしまう。それにお見合い後のことを考えたら職場の人には隠しておいたほうが安全だよね？

「不快というか、時期尚早だと思うの。だって私たちは、んっ」

ニセモノの恋人、と言おうとした唇を、貴志の人差し指が制した。

「寧々」

ダメだよ、という彼の表情で、その意味を理解する。運転手には偽装恋人の話は秘密なんだ。

貴志は唇から離した手で口をつぐんだ私の手を握った。窓の外を見つつ指を絡ませたり、ぎゅうっと強く握って弄んでいる。私が車に乗っている間中それは続いていた。

「今度は僕と一緒にランチしてよ」

「あなたが忙しくなければ」

「そうだね。空いてる時間に誘うよ」

十分ほど車で辺りを走り、楽器店があるビルの近くで降ろされた。

「じゃあ月曜日にね。その前に一度連絡は入れるよ」

「はい」

彼の温もりの残る手で、私は自分の唇に触れる。

月曜まで貴志に会えない……などと思うこの寂しさは、一体なんなのだろう。

2　イミテーションロマンス

貴志が提案した東京湾のディナークルーズは、夜の七時半からだ。寝室のクローゼットの中を覗(のぞ)いて納得する。……こういうときのためのドレスだったのね。

私の手持ちの服ではドレスコードに合うものがない。仕方なく私は鮮(あざ)やかなブルーのカクテルドレスを選んだ。ホルターネックのドレスは肩と背中が丸出しで、丈も短く、かなりセクシーなラインだ。胸の下から流れるドレープがスタイルを美しく見せてくれる。パーティーバッグを選び、ショールを肩に羽織(はお)って、ドレッサーの引き出しに並べられたアクセサリーを手にした。胸元と耳につけてドレスとの相性を確認する。どちらも大ぶりだが繊細な作りだ。

午前中、久しぶりにネイルサロンへ行った。スモーキーピンクのグラデーションを施(ほどこ)したジェルネイルは、爪の先に少しのビジューとラメが入っている。気合入れすぎかなとも思うけれど、たまにはいいよね。

マンションの駐車場で待機していた送迎車に乗り、美容院に寄ってからクルージングの場所まで送ってもらった。貴志とは別行動だ。

「ありがとうございました」

「お気をつけて、行ってらっしゃいませ」

車を降りた私を潮の香りが包む。運転手に挨拶(あいさつ)をしている私のそばへ、秘書の吉川さんがきた。

「あ、吉川さん。こんばんは」

「お疲れ様でした。あちらで専務がお待ちです」

吉川さんにレセプションルームへと案内される。ソファに座っていた貴志が私を見つけて立ち上がった。彼はとても嬉しそうな顔をしてこちらに駆け寄る。

「寧々すまないね、僕が迎えにいけなくて」

「ううん。迎えにきていただいたから」

「その色、君にとてもよく似合っている。セクシーで綺麗だ」

「貴志も素敵。タキシードだとは思わなくて驚いちゃった」

彼の言葉を素直に受けて、私も思ったことを口にしてみる。恋人らしく自然に受け答えするための練習だ。

背の高い彼に黒のタキシードは本当によく似合っていて、ため息が漏れてしまう。着慣れているのだろう、立ち居振る舞いがとても自然だ。

「せっかくのクルーズだしね。君がドレスアップしてくると思ったから」

「あ」

貴志の指の腹が、露出した私の肩を撫でた。反射的に声が出てしまう。だって何だか貴志の指が、いつもより熱く感じて……

こほん、と吉川さんが咳ばらいをした。

「専務、塩見様との会食には参加されないということでよろしいでしょうか。遅くなってからでもよいと、再三お誘いがきておりますが」

「ああ、参加しない。僕が到着する頃には、どうせ六本木辺りに移動している。朝まで飲む時間はないからね。あとで社には寄るが」

「ではお断りしておきます。お迎えのお車は、クルーズが終了する十時頃でよろしいでしょうか」

「そうだな。頼んだよ」

「かしこまりました。それではお気をつけて行ってらっしゃいませ。あ……本日はよろしくお願いいたします」

吉川さんの視線に振り向くと、そこには帽子を被った制服姿の男性がいた。

「本日の船長を務める森内と申します。どうぞよろしくお願いいたします」

「こちらこそ、よろしくお願いします」

挨拶を返す貴志の隣で、私もお辞儀をした。

クルーズって、わざわざ船長が挨拶にきてくれるものだっけ？

そのとき、「ディナークルーズ本日貸切」という入口のお知らせが目に入った。私たちが乗る船のどこかで、パーティーか何かが行われるのだろうか。

不思議に思いながらも貴志にエスコートされて、停泊している三階建ての白い船の中へ向かう。七百名は乗船できるという巨大なものだ。

「会食は大丈夫だったの？」

「会食とは名ばかりの、延々と朝までクラブをハシゴしていく飲み会だ。そんなにしょっちゅうは付き合っていられないよ。寧々は気にしなくていい。今夜はゆっくり楽しもう」

六本木のクラブをハシゴ……ひと晩で相当な額のお金が飛んでいきそうだ。

海風が爽やかに吹き、真夏の夜の蒸し暑さが嘘のように掻き消された。輝く船の照明が海面に反射している。

「ごゆっくりおくつろぎください」

「ありがとう」

私たちは最上階のフロアへ案内された。船長はフロア担当者と入れ替わり、仕事場へ向かう。

「こちらへどうぞ」

ひらかれたドアから中へ入ると美しい音色が耳に届いた。途端に胸が高鳴る。

「あ、弦楽四重奏ね！　ピアノの音も聴こえる、ということは」

「五重奏だよ」

私の腰に手を添えている貴志が、そっと囁く。

「ええ、そうね。素敵……！」

フロアの奥で演奏をしているのが見えた。案内された席は演奏者たちに近い窓際だ。

生演奏を間近で聴きながらのお食事なんて、贅沢すぎる……！

貴志がワインリストから選んだものをスタッフに頼んだ。

「とてもいい席ね。夜景が綺麗。……でも」

「ん？」

「何だかお客さん、少ないね。平日だから？」

貴志と視線を合わせて声を落とした。

少ないというか、この広いフロアにあるたくさんのテーブル席に、なぜか誰も着席していない。乗船する時間が早かったのだろうか。出航時間は間もなくのはずだけど……。

私は先ほど入ってきたドアのほうを振り向いた。誰もいない。普段こういうものに縁のない私でさえ、このディナークルーズの名は聞いたことがあるほど有名だ。人が入らないということは有り得ないと思う。まだ夏休みなのに家族連れどころかカップルすら見当たらない。

「何で誰もいないんだろう……」

「邪魔されたくないから船ごと貸し切っておいた」

貴志がすまし顔で言った。

「は……？　ええっ⁉」

今「船ごと」って言った⁉　聞き間違いだよね⁉

「こ、こんなに大きな船で、そんなことできるの？　ワンフロアを貸し切りの間違いじゃなくて？　ワンフロアでもすごすぎるけど、船ごとってそんな——」

「僕がオーナーだから。そういうこともできるね」

「……へっ？」

今度こそ聞き間違いよね⁉

「迷惑にならないように、前々から予約はとっておいたけどね」

「船ごと貸し切りの予約を？」

「だからそうだって」

貴志は楽しそうに笑ってシャンパングラスを掲げた。

「さあ乾杯しよう、寧々」

入口の「本日貸切」というお知らせが、このことだったとは……。

驚愕の事実にクラクラしながら、彼と乾杯をする。同時に大きな汽笛が鳴り、船が出航した。

テーブルに運ばれてくるお料理を作るシェフも、甘いムードの曲を奏でる演奏者も、フロアの四方八方にいるスタッフも、船長や副船長や、その他、ここの船で働いている人が皆——

「私たちだけのために、あの人たちがいるのよね？」

「そうなるね。……どうかした？」

デートの域を超えているんですが。

「何だか、恐縮しちゃって」

「たまにはこういうのも面白いじゃない。こんなことは僕も初体験だよ」

貴志は屈託なく笑い、シャンパンを飲んでいる。私は目を瞬かせて、彼を見つめるしかなかった。とはいえ、いつまでも呆然としているわけにもいかないので、運ばれる料理におずおずと手をつける。

目に鮮やかな前菜のカルパッチョはジュレの味が素晴らしく、シャンパンにとても合う。コースの合間に頼んだ濃厚なチーズとワインが口の中で融合し、まったりとした香りに酔いそうだ。冷たい枝豆のスープはのど越しがよく、するすると入ってしまう。

テーブルの向かいには素敵な男性。窓の外は少しずつ表情を変えていく湾岸の夜景。素晴らしい音楽とおいしい食事。幸せすぎて、これがフリだということを忘れてしまいそうになる。

「自分の船は持っているんだけどね。大きいほうが揺れが少ないから君とゆったりすごせるかと思って」

「……はい？」

「こっちで正解だったね。演奏は聴けるし、落ち着いて食事ができるのもいい。でもいつか、自分の船にも寧々を乗せようと思っているから、そのつもりでね」

貴志はおいしそうにメインの近江牛を頬張って、にっこり笑った。

さっきから、さらりととんでもないことばかり言うんだから。私みたいな庶民には刺激が強すぎる。いつかっていつだろうと思いながら、私もお肉を頬張る。柔らかなそれは舌の上ですぐにとろけてしまった。

おいしい時間は瞬く間にすぎていく。

デザートはパイ生地のタルトだ。半分にカットされた、つやつやのまあるい白桃がのっている。サクサクのパイとなめらかなクリームの食感が絶妙で、甘酸っぱい桃の風味が口の中へ広がった。

「これ、すごくおいしい！」

「よかったら僕の分もあげるよ」

「ありがとう。でももうお腹いっぱい」

「そうか」

ふたりで微笑み合った。ゆったりとした気持ちに合わせるかのように、モーツァルトのディヴェルティメントが奏でられる。

「ああ、いい気分だ。うまいワインと食事、君が一緒で、音楽がある。最高だね」

彼は満足げにそう言って、コーヒーを飲んだ。私と同じことを思っているなんて嬉しい。

「お腹が満たされて、そこに最高の音楽があると眠くなっちゃわない？」

「なるね」

「私、不作法だろうけど、クラシックコンサートで眠ってしまってもいいと思ってるの」

「なぜ？」

「だってあんなに気持ちがいい曲ばかり流れたら、眠くもなるでしょう？　心と体がすっかりリラックスして、ストレスが解消された証拠かなって」

「そういう考えもあるね。癒しの空間としては、コンサートホールは最高の場所だものな」

「私、眠る前にもクラシックをよく聴くの。だから本音を言えば……コンサートホールにお布団を敷いて寝たら、気持ちがいいだろうなぁって」

「はははっ！　すごい発想するね、君は。確かに気持ちがいいだろうね」

貴志が楽しそうに笑ってくれるのが嬉しくて、私も笑った。再会した頃に比べて彼と一緒にいる空気に段々と馴染んでいる自分に気づく。

「でも、私が演奏中にお客さんに眠られたら、楽譜を投げつけたくなっちゃうかもだけど」

「わがままだなぁ」

「大切な楽器を投げるようなことは絶対にしないけどね、うん」

クスクスと笑い続けていた彼は、急に黙って私を見つめた。

「……寧々は、いいね」

目を細めた表情が私の心臓をぎゅっと掴む。コーヒーカップを持ちたいのに、目を逸らすことができない。しばらく見つめ合っていると、彼が、ふっと笑った。……今のは、何？

「寧々、オープンデッキに行かない？」

「オープンデッキ？」

「この上の階にあるんだ。外でいいもの見せてあげるよ」

腕時計を見た貴志は「ちょうどいい」とひとりごちた。

貴志に連れられて最上階のオープンデッキへ行く。穏やかな海風が吹くここは、とても涼しくて気持ちがいい。船に割られた黒い海面が波間に白いしぶきをあげている。

「はぁ……」

湾岸に浮かぶ東京の夜景を眺め、彼の隣でひとつため息を吐く。

「どうした？　具合でも悪い？」

「具合は悪くないの」

「寧々……？」

「あなたと住む世界が違いすぎて、ショックを受けていただけ」

彼とすごすたびに、怒涛のごとく現れる見たこともない世界の数々に、ただただ圧倒されている。

「気に入らなかったかな」

「ううん、そうじゃないの。何もかもが素敵すぎて戸惑っているだけ。このクルージングも、今住まわせてもらっているお部屋も、この先一生縁のないことだもの。貴重な体験をさせてくれてありがとう、貴志」

「お礼を言わなければいけないのは僕のほうじゃないか。お願いを聞いてもらっているんだから」

貴志は、風になびいた私のショールに触れ、肩にかけ直してくれた。

「ねえ、貴志はどうして私と同じ中学校だったの？　私、それをとても疑問に思ってる」

「疑問？」

「だって、あなたのお家だったら小学校から有名私立校に入るのが普通でしょう？　なのに私と同じ公立の中学校に通っていた」

「それは僕の家の……祖父の代からの方針なんだよ。会社を設立した曽祖父はたいした学歴を持たなかった。それがコンプレックスだったらしく、自分の息子には自宅から離れた名門小学校で寮生活をさせたんだ。その息子というのが僕の祖父にあたる人」

デッキの手すりに寄りかかる貴志は、遠くの夜景に視線を向けた。

「祖父は大学までずっと、ブルジョア階級の友人らの中で勉学も遊びも競争させられたらしい。それがなかなかのトラウマになったようでね。祖父は僕の父を近所の公立小学校へ通わせ、義務教育の間は普通の生活を送らせた。その流れで、僕も同じように学区内の公立小学校、中学校へ入学したんだ。僕は高校へ入るときに引っ越して、私立高に入学したんだよ」

「そうだったの……。今、実家はどこに？」

「両親は用賀(ようが)に住んでる。彼らはいずれ田園調布(でんえんちょうふ)の祖父の家に入るんだ。僕も年を取ったら祖父の家に住むことになると思う。祖父自身は一年の半分は海外で悠々自適(ゆうゆうじてき)にすごしているんだけどね」

「そう。……貴志は、あの中学校でよかった？」

「もちろんだよ。僕は家の方針に感謝している。家同士のしがらみに巻き込まれることもなく伸び伸びとすごせたし、たくさんの友人もできた。部活で厳しい目に遭(あ)って鍛えられたしね」

「吹奏楽部は厳しかったよね。先輩もだけど、あの顧問の先生……えーと」

「緑山(みどりやま)先生だっけ」

「そうそう、緑山先生！　怖かったよね」

ふふと笑うと、彼も微笑み、屈(かが)んで私に近づいた。

「それにあの中学に行ったから君と出逢えた」

貴志の言葉に心臓がドキンと跳ね上がる。

「す、吹部(すいぶ)の皆と今でも会ったりしてる？」

恋人のフリをするためのセリフだとわかっていても、いきなりは反則だよ。

「いや、ないな。皆、どうしてるんだろうね」

「うん、懐かしい、あっ！」

暗闇の空を何かが飛んでいき、すぐさま白い光の花が広がった。どん、と大きな音がお腹に響く。

「花火！　綺麗ね。近いけど、どこから上げてるんだろう。あ、また！」

連続で今度は赤い花火が三つ、夜空いっぱいにひらいた。

「ああ、綺麗だね」

「こんな時間から始まるなんて珍しい。すぐに終わっちゃうのかも」

「いや、あと十数回は上がる予定だよ」

「そうなの？　よく知ってるのね」

「寧々いい？　ちゃんと見てるんだよ。途中でハートの形が上がるはずだから」

頷(うなず)こうとして、はっと気づいた。彼がなぜそんなことを知っているのか、答えはひとつしかない。

「……嘘(うそ)よね」

「ん？」

「まさか花火まで手配した、的な？」

「察しがいいな、寧々は」

今までとは違い、驚きの声すら出なかった。

私相手に、なぜここまでするのだろうという疑問が浮かぶ。ただ単に彼自身が楽しんでいるだけ？　忙しい貴志にはそんな暇も余裕もないはずなのに。何のためにここまでするの？

「……どうして、こんなこと」

「君のためにしているだけだよ」

「だ、だって私は本当の恋人じゃ」

「ほら、よく見てよ。僕からのプレゼント」

「あ」

本当にハート型の花火が上がった。そのあとも次々と光の花が咲いていく。彼は後ろから私をそっと抱きしめ、耳元で囁(ささや)いた。

「僕と再会した日が君の誕生日だったんだよね」

「え」

「遅くなったけど、誕生日おめでとう、寧々」

「やだ……何、言って」

涙が込み上げてきて言葉が出てこない。止まらない胸の痛みをどうすればいいのか、わからない。

「ありが、とう。嬉しい。本当に」

両親が亡くなったあと引き取ってくれた親戚には、遠慮から自分の誕生日を伝えられなかった。転校した先でも、東京に出てからも、他人にわざわざ言うほどのことでもないだろうと思っていて、誰かに誕生日を祝ってもらうことに私は縁がなかったのだ。

だから、貴志との恋人関係が嘘でも、私のためにしてくれたことが、誕生日を覚えていてくれたことそのものが、心から嬉しかった。

ニセモノの私にすら、こんなに気を使ってくれるんだもの。貴志が本当に好きになった人には、一体どんなふうに尽くすのだろうか。ちらりと思うだけで、ひどく嫌な気持ちが纏わりつく。これは多分……嫉妬だ。彼がこれから出会うことになる、彼にふさわしい女性への。

貴志は私が近づけるような人じゃない。そんなことは十分わかっている。でも。

女ならきっと誰もが憧れるシチュエーションのなか、宝物でも扱うように後ろから優しく抱きしめられて……どうにかなってしまいそうだ。

私の頬(ほお)へ押し付けられる彼の頬(ほお)の温(ぬく)もりを、手放したくない思いが湧き上がっている。

これが本当だったらと、願いたくなる自分がいる。

「貴志……あの」

「どうした？」

「ううん、何でも」

お見合いの正式な日取りは決まったの？　相手の人はどんな人なの？　そう聞きたいのに、口に出せない。聞いてしまったら、私たちの別れの日を宣告されるようで嫌だった。

贅沢(ぜいたく)な暮らしができなくなることが嫌なんじゃない。そんなことよりも、彼のそばにいられなくなると思うだけで、つらくてたまらない。克服どころか初恋のスパイラルから抜け出せなくなっている。

「今度のデートは思い出の場所にしようか」

「思い出の場所？」

「ああ。少し先になるが、楽しみにしておいて」

「……うん」

夜空に生み出される薔薇(ばら)色の花々が、デッキにいる私たちに美しい陰影を生む。その光は、私の心の隅(すみ)に隠していた思いまでも、照らし始めたかのようだった。

その日、私は店長のデスクに呼ばれた。彼は普段、楽器店のほうにいて、たまにこうして教室の事務所でも作業をしている。

「伊吹さん。今から本社に行って、この報告書を神谷専務に届けてほしいんだが」

大きな封筒を差し出された。

「私がですか？」

「専務の秘書の吉川さん、わかるよね？　伊吹さんの面接をした人。ここにも何度かきている」

「はい、存じています」

「彼が伊吹さんにお願いするようにと言うんだ。本社に着いたら、受付でまず吉川さんを呼び出してほしいそうだ」

「わかりました。では行ってまいります」

「気をつけてね」

「はい」

私が呼ばれた理由が、とても気になる。吉川さんが音楽教室に訪れるのを見たのは三回だ。その三回とも、彼は離れたところからじっと私を見ていた。一生懸命働いているから、吉川さんにチェックされても大丈夫なはずだと思っていたけれど……一体何の用だろう。

地下鉄に乗り、日比谷駅で降りた。エアコンが効いている通路から地上に出る。ビルの合間を照りつける強い日差しと、むわっとした息苦しい暑さに辟易した。歩道に植えられた木々から蝉しぐれが降ってくる。低いヒールの靴を鳴らして足早に本社へ向かった。

「お、大きいのね……」

ネットの画像で見てはいたものの、本社を目の当たりにするのは初めてだ。

「よし、行こう」

太陽光を反射する十四階建てのビルを見上げて気合を入れる。私は吉川さんに呼ばれてきたのだから臆することはない。

オフィス用のエントランスからビルの中へ入ると、爽やかな香りがした。受付嬢がいる。ふたりとも完璧な美人だ。彼女たちに用件を告げて吉川さんを呼んでもらう。

「吉川がお迎えにあがるそうです。そちらへおかけになって、少々お待ちくださいませ」

「ありがとうございます」

入館手続きを終え、広々としたエントランスで吉川さんを待った。

辺りを見回して、その大きさに改めてため息を吐く。……これって当然自社ビルよね？

不動産事業に高層マンションや都心のオフィスビル建設、商業施設、都市再生事業にも携わり、さらに文化事業にかかわる一環として音楽ホールや美術館、博物館、劇場の建設、運営もしているという大企業。佐々木さんたちに教わったあと、ネットで調べて知っていたとはいえ、実際に本社へきてみると、そのすごさに圧倒されてしまう。

しばらくして、吉川さんがやってきた。相変わらず無表情で何を考えているのかわかりづらい。ソファから立ち上がった私に彼のほうから挨拶(あいさつ)をしてきた。

「お忙しいところを申し訳ありません」

「いいえ。お疲れ様です」

「それでは専務室へご案内しますので」

「あの、店の報告書を渡すだけでいいんですよね？」

「ええ、そうですが」

「普段は店長がこちらへ伺(うかが)うのだと聞いております。今回はなぜ、私なんでしょうか」

疑問を抱く私を見て、吉川さんが眼鏡の真ん中を指で上げた。

「あなたが何もご存じないからです」

「それはどういう――」

「歩きながら話しましょう」

「……はい」

吉川さんに初めて会ったときも、こんな感じでマンションの説明をされた。一分の無駄もなく仕事を済ませる。だからこそ貴志の秘書が務まるんだろう。

「専務が仕事をされている姿をご覧になるのも、あなたにとってよいことかと思いまして」

つかつかと歩きながら吉川さんが私に言った。

「はぁ……」

私が貴志の仕事を見るメリット（？）が、もしあったとして吉川さんに一体何の関係が……？　それとも、もっと貴志にふさわしい振る舞いができるよう私に励めということだろうか。

オフィス用のエレベーターへふたりで乗り込む。一、二階は美術館やギャラリー、カフェなどで三階から六階まではショッピングセンターになっている。エレベーター内の表示には七階から九階がグループ会社、十階から上が本社、十三階が役員フロアで、最上階は社員食堂と憩いのスペースと書かれていた。

私たちはエレベーターを十三階で降りる。すぐの受付に男性がふたりいて、吉川さんに挨拶をした。

彼らの前を通りすぎ、セキュリティーゲートを進んで静かな廊下を歩いていく。会議室がいくつもあり、その奥に役員用の部屋が並んでいた。

吉川さんが「専務室」と表示がついた明るい木目調のドアの前で足を止める。この向こうに貴志がいると思うと、緊張で背筋が伸びた。

「吉川です、ただいま戻りました」

「ああ、入れ」

彼の声だ。

「お連れしました」

ドアを開けた吉川さんのあとに続いて専務室に入り、頭を下げる。

「失礼します。音楽教室虎ノ門店の伊吹です。報告書をお持ちしました」

「ねっ……!!」

貴志がこちらを向いたと同時に、ガタンと大きな音がした。立ち上がろうとしてデスクのどこかに足をぶつけたみたいだ。この焦りようは、もしや私がくることを知らなかった?

「専務? どうされました?」

「い、いや、何でもない」

貴志に書類を提出していた男性が、訝しげな顔でこちらを見る。貴志はこほんと咳ばらいすると、書類に目を通しながら言葉を発した。

「伊吹さん、ありがとう。そこに座って、待っていてもらえるかな」

「はい」

書類に判を押してもらった男性は専務室を出ていった。

「専務、私は営業本部長のところで、展覧会誘致の件について確認をしてまいりますので」

「ああ、頼んだよ」

吉川さんも出ていき、私と貴志のふたりきりになった。

ここは、私がイメージをしていた重々しい専務室とはだいぶ違う。

貴志のデスクと少し離れたところに、デスクがふたつ並んでいる。ひとつが吉川さんの机らしい。

私が座る席のテーブルはカフェのように広々していた。専務室ですぐに打ち合わせができるようになっているのだろう。窓は大きく、明るくてオープンな雰囲気の部屋だ。

貴志のデスクの電話が鳴る。

「神谷です。ああはい、そうですね。いや、今持っていきますよ。ええ、では」

ノートパソコンを閉じた貴志は、慌ただしげに何かの書類を持って席を立った。忙しそう。

「ごめん、寧々。常務のところへ行ってくる。五分くらい平気？」

「うん、大丈夫」

「すぐに吉川が戻るはずだ。吉川に僕のことを聞かれたら、保坂常務のところにいると伝えてくれ。もし他に誰かがきても、お客さんのフリして知らん顔していいからね。ドアは開けておく」

「わかりました。行ってらっしゃい」

しばらくすると誰かが開いているドアをノックした。

「失礼します。総務の山本ですが……あ、失礼しました！　今、お茶を用意させますので」

私を見て驚いた男性は、にこやかに笑って会釈をした。

「あ、あのおかまいなく！　私は音楽教室の虎ノ門店の者で、専務に報告書を持ってきただけですから」

椅子から立ち上がって、部屋から出ていこうとした男性を引き留めた。

「ああ、新店舗の！」

「はい」

「私も最近、楽器を習い始めましてね」

「いいですね。何の楽器ですか？」

「ウクレレなんですよ。それで……」

「こら」

ドアのそばで話していた私たちのところへ、貴志が戻ってきた。

「はっ、専務！」

「油売ってないで仕事してくださいよ。山本部長は美人に弱いんだから」

冗談だとわかっているのに、美人という言葉に頰が熱くなる。こういうときはどう返せばスマートなんだろうか。

「専務、それは問題発言ですよ、ははは。確かに美しい方ですが、私がセクハラしているみたいじゃないですか」

「違うの？」

「ちっ、違いますよ！　私はそういう相談を受ける立場なんですから」

クスクスと笑う貴志に続いて、山本部長が専務室に入る。私はまたさっきの椅子に座った。

「それでですね、専務。先日のA社との美術館内にレストランを開業する件で、人事が――」

「それ、石川常務じゃダメなの？」

「直接専務に伺ったほうが早いと言われまして……」

「わかった。続けて」

さっき貴志は保坂常務のところに行くと言った。今話題に出ているのは石川常務。常務が何人もいるなんて、さすが大きい会社だ。

窓の外をぼんやり眺めている間に、山本部長と貴志のやりとりは終わった。再び貴志とふたりきりになり、場がしんとする。吉川さんはまだ戻ってこない。

「はぁ、疲れた。寧々、ちょっとこっちきて」

「はい」

デスクから立ち上がった彼のそばへ近づく。

「後ろ向いて」

「……？」

言われるがままに背を向けると、突然後ろから抱きしめられた。

「ちょっ、見られちゃうよ……！」

「大丈夫。ドア閉まってるし、少しだけ。あー、寧々はいい匂いだ」

「なっ、たっ、貴志ってば」

私の髪に顔を埋めて、すーはーと息を吸っている。私を抱きしめる手の強さを緩めてはくれない。

心臓がバクバクと音を立て、みるみる顔が熱くなっていく。というか何なの、このいけないオフィスラブみたいなシチュエーションは……！

「寧々、動揺しすぎ」

笑いながらやっと体を離してくれた。こんな場所でそんなことされたら、動揺しないほうが無理だってば！

「こういう場所で会うと新鮮だね。急にくるから驚いたけど」

デスクに着いた貴志は、私から報告書を受け取った。まだ胸がドキドキしてる。

「やっぱり私がくることは知らなかったのね」

「全然知らなかったよ。吉川の仕業だな。……全く」

「仕業かどうかはわからないけど、吉川さんが呼んでいるから行くようにと店長に頼まれたの。本当はその報告書を店長が持っていくのよね？」

「吉川に渡せばいいだけになっているんだ。特に変わったことがなければ、僕はあとから目を通すだけ。寧々がいるような都内の楽器店や教室は、なるべく店長や教室長に直接本社へ顔を出させるようにしている。こちらは細かいところまで把握しづらい。コミュニケーションを取りつつ、勝手なことをさせない雰囲気作りも大切だからね」

書類に目を通した貴志は、店舗用の控えに判を押して私へ差し出した。

「本当に、とても忙しいのね……って、専務なんだもの当然よね」

口に出してみて、なんて馬鹿げたことを言ったのだろうと、すぐさま訂正をする。

「今は特に忙しいんだ。社長がしばらく不在で、僕と常務がその代わりをね。よくあることなんだが……今回はちょっと、僕が親父に借りを作ったもんだから」

彼のイラッとした表情は珍しい。

「借りって？」

「こっちの話。それも今週いっぱいで解放される予定だ。日曜の夜にでも会わないか？連絡するよ」

「うん」

いくら忙しくて疲れていても、貴志は誰にも言えないのかもしれない。

いずれは神谷グループの代表として頂点に立つ人だ。日々のプレッシャーやストレスは相当のものだろう。彼がどれだけ大きなものを背負っているのか、想像もできない。

私に、何かしてあげられることはないだろうか。

「日曜日、もしよかったらごちそうさせてくれない？　私が食事を作るから」

「寧々が？」

「うん。いつもごちそうになってばかりだし、たまにはいいかなって」

前は彼の部屋で朝ごはんをいただいたから、そのお返しと思えば、部屋にきてもらうのも変じゃないよね。

「嬉しいな、いいの？」

「たいしたものは作れないんだけど、それでもよければ部屋にきて」

「すごく楽しみだよ。寧々の手料理か」

貴志が嬉しそうに笑う。その笑顔が切ないくらいに眩（まぶ）しかった。

私、この前から変だ。クルージングで花火を見たときから、私……

「失礼します。吉川ですが、そろそろお時間かと」

「ああ、わかってる」

吉川さんの声にはっとした。貴志が申し訳なさそうに私を見る。

「ごめん、これから会議なんだ。悪いね」

「こちらこそ長居してごめんなさい」

慌てて、身支度を整える。

「ありがとう。ご苦労様」

「失礼します」

廊下に出ると、前方から女子社員が歩いてきた。すれ違いざまに軽く会釈をし合う。

「あ、専務よ」

「挨拶しに行っちゃおうか」

「早く、早く」

専務室から貴志が出てきたのだろう。彼女たちが急ぎ足になったのがわかる。そしてすぐに「お疲れ様です」という女性たちの弾んだ声が、届いた。若くて可愛らしい声だ。自分の声の低さと比べて軽く落ち込む。

貴志、本社でも人気なんだね。当然だ。見た目のよさはもちろん、物腰穏やかで優しくて、仕事ができて、そのうえ大企業の御曹司。誰だって憧れてしまう。誰だって……好きになっちゃうよ。

約束の日曜日。私は早番だったので四時に仕事を上がっていた。

買い物は昨日のうちに済ませてあり、家に帰ってすぐに夕飯の準備を始める。合間にお掃除をして部屋を整え終えてから、今度は自分の準備だ。シャワーを浴びてメイクをして、彼が購入してくれた洋服に着替える。

家の中、綺麗よね？　おかずの味付けも大丈夫よね？　エアコンは効きすぎてない？

そして私も、おかしなところはないよね？　そわそわしながら彼がくるのを待っていた。

夜七時ジャストに、もうすぐ行くと貴志から連絡が入る。

部屋の中をうろうろしている自分の姿が窓に映り、その顔を見て呆れてしまう。まるで付き合い始めの彼氏を待つ女の表情そのものだ。うきうきして、ふわふわしちゃって、地に足がついていないというのはこういうこと……

ため息を吐いたと同時に、部屋のインターホンが鳴った。

「わ、きた！」

今夜は直接部屋の前まできたようだ。貴志のカードキーはどこの階に通じるエレベーターでも動かすことができる。この前は気を使ってマンション下のインターホンを鳴らしたのだろう。私は急いでドアを開け、スーツ姿の彼を出迎えた。

「こんばんは」

「こんばんは。お仕事お疲れ様でした。どうぞ」

「うん、お邪魔します」

貴志が私のそばを通るだけで、何とも言えない切ない気持ちが込み上げる。

私は頭を横に振って落ち着きを取り戻した。彼のあとに続いてリビングへ入り、キッチンで準備しておいたものを温め直す。

「どう？　快適に住んでる？」

ソファのそばに鞄を置いた彼は、部屋を見回した。

「もちろん！　快適すぎて最初は戸惑ってばかりだったけど、最近やっと慣れてきたところなの。本当にいろいろありがとう。あ、そこ座って。ジャケット、ハンガーにかけるね」

「寧々」

「ん？」

「先に、ご両親に挨拶させてもらいたいんだが、かまわないかな」

「あ、うん。……ありがとう」

真剣な貴志の表情に胸が詰まる。部屋に入った彼が、まずそこに気づいてくれたことに感動した。

仏壇の前で貴志が手を合わせる。目を伏せ、私の両親に挨拶をしている。

お父さん、お母さん。私が吹奏楽部で一緒だった男の子だよ。同じパートだった彼が挨拶にきてくれたよ。私の初恋だった男の子なんだよ。

貴志の背中を見つめながら、泣きそうになるのを懸命にこらえた。彼は今、私の両親に何を話しかけているのだろう。

「寧々に似てるね、お父さんもお母さんも」

「そう、かな？　でも、そう言われるのは嬉しい」

大好きだった両親に似ていると言われたことが、何だかくすぐったい。泣きそうだった気持ちはどこかへ消えて、代わりにじんわりとした温かさが胸に広がった。

ダイニングテーブルに着席した彼の前に、作った料理を並べていく。

「寧々、すごいじゃないか。全部おいしそうだ」

「ひとり暮らしが長くて、いろいろ工夫するクセだけはついちゃった」

「いつからひとり暮らしをしていたんだ？」

「高校卒業後に社員寮があるところへ就職したときからだから……十八歳かな。貴志は？」

「僕は大学卒業と同時に」

「そうなんだ」

「……」

貴志、相当疲れているんだろうか。いつもより笑顔が少ないような。

「あ、お酒飲む？　一応用意してあるんだけど」

「今日はやめておくよ。ありがとう」

「……何かあった？」

「え？」

「貴志、今日はあんまり元気がないみたい」

「あ、ああ、そう見えるんだ。元気がないわけじゃないよ」

彼は意外だといった表情をした。お酒を飲まないと言っているし、このあとも仕事があるのかもしれない。余計な詮索はやめよう。

「それならいいんだけど、具合が悪いなら無理しないでね」

「寧々とのことを」

「え？」

「きちんと報告できるようにしなくちゃいけないなと思って、さ」

「報告……？　ごめん、意味がよくわからない」

「今はわからなくていいよ」

「なあにそれ？」

微笑んだ貴志は椅子の背もたれに寄りかかり、天井を仰いだ。

「それよりもハラ減ったなぁ」

「あ、そうだよね、食べよう！　私もお腹空いちゃった」

気になる彼の表情と言葉は一旦横に置き、ふたりでいただきますをした。

ナスやピーマンなどの夏野菜の冷やしあんかけ、そら豆と桜海老と貝柱のかき揚げ。豚肉の冷しゃぶは、ちりめんとたっぷりの香味野菜をのせている。お酒はなしなので、ひじきごはんと赤だし、お漬物も一緒に出した。

貴志は何度もおいしいと言って、次々にお箸をつけていく。彼はほとんど自炊をしないらしく、こういう食事はとても貴重だと喜んだ。貴志がお願いすれば、料理を作りにきてくれる女の子はいくらでもいそうなのに、そうしないのはなぜなんだろう。

でもおいしいと言ってくれるなら、それでいいか。余計なことは考えずに楽しんで食べよう。うん、かき揚げ上手にできた。

最近の音楽教室の様子を伝えたり、今度どこへランチに行こうかなどの話をして、和やかに食事は進んだ。家で人と食事をするのはいいものだと、しみじみ思う。ひとりに慣れていたつもりだったのに、彼がそばにいてくれることが、こんなにも落ち着けるだなんて……

「ごちそうさま。おいしかったよ」

「お粗末さまでした。全部食べてくれてありがとう」

「寧々は、いいお嫁さんになるね」

「そ、そう？」

「ああ」

誰の？　と、聞いても仕方のない言葉が浮かぶ。褒められて嬉しいはずなのに、この複雑な気持ちは、何なの？

この前から私、変だ。そしてその理由を本当はとっくにわかってる。わかっていてもどうしようもない現実を前に、無理やり気づかないフリをして心に蓋(ふた)をしているだけなんだ。

落ち込んでいく気持ちを振り払いながら私は食器を片づけた。貴志と一緒にソファへ移動し、夜景に目を向ける。部屋の静けさと相まって、私の心臓の音が彼に聴こえてしまいそうだ。音楽でもかければよかったかもしれない。

「じゃあ、僕はそろそろ」

しばらくして、隣にいた貴志が立ち上がった。咄嗟(とっさ)に彼へ手を伸ばす。まだ、行かないで……

「寧々？」

「もう少し、いてほしいな……」

「え!?」

何、言ってるんだろう私！　慌(あわ)てて、貴志のワイシャツの袖から手を離した。思わず口から零(こぼ)れた自分の言葉にうろたえる。

「まだいてもいいの？」

「へ、変なこと言ってごめん！　このあとお仕事だよね」

「いや今日はもう何もないんだ。寧々のほうからそんなふうに言ってくれるなんて嬉しいよ」

　貴志はそう返してくれたけれど、彼に何かを求めていた自分に恥ずかしくなる。また強引に抱きしめられたり、キスされたりしたいなどと思った自分が。

「ねえ、寧々。プールへ行って一緒に泳がないか」

「プール？」

「一階にジムとスパがあるのは知ってるよね？」

「うん」

「そこじゃなくて、別の場所にもうひとつあるんだけど行かない？」

「もしかして、そこもセキュリティーゲートが違うの？」

「正解。そっちは滅多に人がこなくて、ゆっくりできるよ」

　この年になって水着になるのが恥ずかしいというのも、大人じゃないか。それにやっぱり……もう少し彼のそばにいたい。

「ここにいると、無理にでも寧々を襲（おそ）っちゃいそうだからな」

「し、支度してくるね。待ってて」

悪戯っぽく笑いかけられた私は、急いで寝室に入った。ドアに背中をつけて深呼吸する。彼の言葉が冗談なのはわかっていてもドキドキが止まらない。

そのあと、一旦貴志の部屋へ一緒に寄り、彼もまた支度を済ませ、私の知らない二十階にあるスパのフロアへ連れられた。受付でタオルを借りて更衣室へ入る。シャワーも何もかも綺麗で、まるでホテルのプール並みの施設だ。そして、貴志の言った通り、誰もいなかった。

ライトアップされた夜のプールはとても美しい。プールの中はもちろんのこと、ジャグジーも、プールサイドのチェアやテーブルも通路も、埋め込まれた照明に照らされている。ここから見える夜景も素晴らしかった。私の部屋から見る夜景と位置が違って楽しめる。

私は比較的おとなしめのバンドゥビキニを着用していた。色はブラックで、それほど大胆なラインではない。でも彼に見られるのは少し……恥ずかしい。

「寧々、その水着似合うね。とても綺麗だよ」

先にプールへ入った貴志は、プールサイドにいる私を見上げた。水面に反射した光が彼をきらめかせる。

「あ、ありがとう」

「寧々はスタイルがいいね。選んだ甲斐がある」

「褒めすぎ」

「本当のことだよ」

彼は黒いショート丈のサーフパンツを穿いていた。

「貴志が競泳用の水着だったらどうしようかと思った」

「今日は絶対穿けないよ」

冗談を言った私に、貴志が真顔で答える。……持ってることは持ってるのね。

私は階段を下りて、足先を温水プールに少しずつ入れた。気持ちがいいくらいの温度だ。

「今日はって、何で？」

「寧々の水着姿見たら興奮しちゃうからな」

「きゃっ」

ぐいと腕を引っ張られ、貴志の腕の中へ落とされた。大きくしぶきが撥ね上がり、水中に沈み込む。無数の泡に視界を遮られた。

すぐに彼にふわりと抱きかかえられ、水面から顔を出す。

「ぷぁっ！　も、もう、何するの!?」

「びっくりした？」

「した！　いじわる！」

「ははは っ！」

目の前にある貴志の胸にげんこつを押しあてる。意外にもしっかりと鍛えられた体だ。彼は楽しそうに笑って私をぎゅうっと抱きしめた。水越しに伝わる彼の肌が密着して仄かに温かい。これじゃあ、はしゃいでいるいちゃいちゃカップルそのものだよ。

「ねえ、質問してもいい？」

「どうぞ」

「気を悪くしないで聞いてね。貴志って、その、付き合った人はいるんでしょ？　過去に」

「ああ、いたよ。寧々は？」

「私も一応」

「そうか……」

貴志が私から顔を逸らした。笑顔は消え、複雑な表情に変わっている。

「貴志？」

「そうだよな。寧々、可愛いもんな。……いるよな」

彼は私を離すと、大きな手ですいっと水を掻いて泳ぎ出した。二十メートルはあるプールの端まで行き、戻ってくる。綺麗なフォームだ。

余計なことを聞かないほうがよかったんだろうか。私も平泳ぎで彼に近づいていく。

夜のプールは幻想的な空間だった。夜空に浮かぶ天の川のようにゆらめく水面が、妖しい雰囲気を醸し出している。こんな場所にいると普段の調子がくるいそうで心許ない。

貴志は私のそばまでくると泳ぎを止めて、頭をぶるりと振った。弾け飛んだ水滴が散らばり、星くずの波紋を作る。

「僕の場合はね、誰かと付き合ってみても、すぐにうまくいかなくなるんだ。僕のほうがダメでね。だからここ何年も恋人は作らないようにしている」

「どうして……？」

「自分でもなぜなんだろうと考えたよ。三人付き合ったが、相手は皆いい子だった。僕にはもったいないくらいの女性だったと思う。でも、違うんだ」

窓の外へ視線をやる貴志の横顔は、水に濡れてどこか艶っぽさを感じさせた。

「中学の頃に戻るんだ、いつも。楽しかった頃のことや、突然僕の前からいなくなった女の子を思い出す。初恋の子を、ね」

「っ！」

水音とともに貴志が振り向く。

――中学生の頃に突然いなくなった初恋の女の子。

彼は再会した日にホテルで同じことを言っていた。ニセモノの恋人が始まった、あのときに。

「何で顔を逸らすの寧々。こっち向いて」

「……演技だってわかってても、驚いただけ」

「演技じゃなかったらどうする?」

「どうって、私は」

貴志の話はまるで私と一緒だ。初恋の彼が心にいて、他の人と付き合ってもうまくいかなかった私と。だから、この話が本当だったのならこんなに嬉しいことはない。でもそんなことは絶対に有り得ない。神谷グループの御曹司であるこの人が、私のことが忘れられずに恋人を作らなかっただなんて、本気にするほうがどうかしている。

「私は、ニセモノの恋人になる取引をしたんだもの。それ以上のことは言えない」

「寧々はおりこうさんだね」

「なっ、馬鹿にしないで」

「馬鹿になんかしてないよ。寧々は物わかりがよすぎるんだ。いい子なのは中学生のときから変わっていない。僕のわがままに付き合って、こうしてそばにいてくれるくらいだ。文句があっても頼まれたことに責任を感じて何も言わない。そうだろ?」

彼の表情から笑顔は消えている。

「何、言って」

「我慢しすぎるのは心にも体にもよくないってこと。僕の前では、いくらでも素直になってくれていい」

私が素直になってしまったら、この関係はあっという間に壊れてしまう。そんなの、今はまだ嫌だ。

「寧々、逃げないで」

貴志から離れて泳ぎ出そうとした私の腕を彼が掴んだ。私の首の後ろを押さえ、素早く唇を重ねてくる。

「んっ、んんっふ」

水の中ではふわふわとして、うまく抵抗できない。

「誰か、きちゃう、からっ」

「きたらすぐにわかる」

「たか、ん……っ」

貴志は私の脚の間に自分の下半身を入れ、抱っこするようにして私の体を触り始めた。

「体は素直だね。ほら、僕が触れた途端に肌の色がピンク色に変わってる」

「そん、なことな、あっ！」

首筋をぺろりと舐め上げられた。びくりと体を震わせながら彼の肩にしがみつく。こうしていないと体が不安定で、すぐにでも水の中に沈んでしまいそう。彼の腕の中から逃げられそうにない。

「妬けるな」

怒ったような低い声が耳元に届く。

「寧々と付き合った男がどうやって寧々に触れたのか、想像するだけでどうにかなりそうだ」

「な、に？」

密着するように体を抱き寄せた貴志は、その手で私の肩や背中や腰を撫で回した。

「自分、だって、あ」

「寧々も妬いてくれるの？」

「んっ、んうっ」

また唇が重なり、呑み込まれそうなくらいに深くキスをされる。

「は、ぁ、ダメ貴志」

嫉妬なんて、もうずっと前から……してる。

「もっと触れたい、寧々に」

「貴志、あ、あ」

耳から首筋まで何度も唇を押し付けられた。貴志の吐息がかかる肌が、熱い。私に触れる手のひらや視線、声までも全て優しく感じて、どうしたって勘違いしそうになる。

ダメ、これは演技なんだから。本気になっちゃいけない。彼に再会してから、何度この言葉を胸に刻んだだろう。

「ずるい、こんなの……」

ずるいのは私だ。私は何を期待しているの。貴志にどうしてほしいの。私は……どうしたいの。

「寧々、好きだよ」

「私も……好き」

嘘の言葉に本心を重ねてキスをする。

あの頃の思いを無理にでも遂げれば、もう、あんな夢を見なくなるのだろうか。貴志と約束をした幸せだった頃の夢を。いっそこのまま彼に抱かれてしまえば、少しはラクになれるのかもしれないだなんて、ずるいことを思い始めている。

――好きになっても仕方がないのに。

彼にしがみつきながら、認めてしまった自分に心の中で苦笑した。

そうだ。私は再会した貴志のことを好きになっていた。中学生の頃よりも、今の彼をもっともっと……ひとりの男性として好きになっている。その気持ちが止められそうになくて怖かった。怖くてたまらないから、それを埋めるために抱かれてもいいだなんて思ってしまうんだ。

何度も唇を重ねながら水の中で悶える私に、貴志がわざと下半身を押し付ける。

「わかる?」

耳元で囁かれて、かっと顔全体が熱くなった。

「……それは、わかるよ」

処女ではないし、知らないフリをする必要はないけれど、こうもあからさまにされたらどう反応すればいいのかわからない。私に女を感じてくれるのは素直に嬉しいのだけど……

「寧々が綺麗で可愛くて、さっきからずっと興奮してる」

「……」

「寧々は？」

彼はいじわるそうな表情をして私の顔を覗き込んだ。

「……私？」

「僕に触られて、感じてくれたんじゃないの」

「え」

片手で私の腰をぐっと掴んだ貴志は、さらにそこを密着させた。

「ここ、ここか……」

もう片方の彼の手が、私の耳裏から鎖骨へ、そして胸の先端に触れないぎりぎりのところまで下りてくる。

「あっ、んぁ……っ」

貴志を好きだと認めた途端、体がいつにも増して敏感になってしまい、どこに触れられても声が漏れ出る。彼の硬いモノが私の一番敏感な部分にあたっていた。私もきっと、濡れてる。

「ほら、どこが感じるか言ってごらん」

彼の甘い声が私の羞恥心を奪う。

「貴志、が、触るとこ」

「どこ？」

「全、部……っ」

「嬉しいな、全部か」

にやりと笑った貴志に、首筋や肩や鎖骨に数え切れないほどのキスを落とされた。

「んっ、もう、ほんと、に」

水着越しなのがじれったく、我慢すればするほど体の奥が疼く。この場でそれ以上を求めてしまいそうな自分が怖くなった。

「も、本当にやめ、て。人がきちゃったら……」

「寧々、顔が真っ赤だよ。色っぽいなぁ」

「降参だから、ほんとに……ダメッ」

ため息を吐いた貴志は、手を止めた。

「……わかったよ。これ以上して嫌われでもしたら困るもんな」

彼は私を腕の中から離さず、じっとしている。まるで、この戯れの終わりを惜しむかのように。しばらくそうして互いの息遣いが落ち着いた頃、貴志が静かに話し始めた。

「前に、思い出の場所に行こうって言ったのを、覚えてる？」

「うん、覚えてる」

「来週の君の休みはいつだっけ」

「金曜日だったと思う」

「それじゃあ、その日の昼すぎに出かけよう。多分僕も大丈夫だ。あと、九月の下旬……最後の日曜日も必ず予定を空けておいてほしいんだ。いいかな」

「っ！」

ずきっと胸が痛む。その日がお見合いなのだと直感した。七月に貴志の部屋で確認した「二か月後くらい」という日にちと、ちょうど合っている。

「うん、わかった。空けておくね」

平静を装って返事をする。

「何があるのか、聞かないんだね」

「お楽しみに取っておこうかなと思って」

「……そうか」

九月の最終日曜日がタイムリミットなんだと、今このときにわざわざ確認したくない。

お役御免の日まであと一か月だなんてこと、まだ気づかないフリをしていたい。

私たちは水から上がった。誰もいないプールサイドで手を繋ぐ。絡めた指がとても、とても熱く感じた。


九月に入っても残暑は厳しく、暑い日が続いている。

プールで戯れた夜から数日間。私は、自覚した貴志への思いを持ち続けていいものだろうかと迷っていた。

あんなふうに迫られたら、気持ちを抑えていられる自信がない。この前だってぎりぎりだったんだもの。だからといって、お見合いが終わるまでは彼のそばから離れるわけにもいかないし……

吉川さんに本社へ呼び出されたのは、そんなときだった。

「申し訳ありません、ご足労いただいて」

「いえ、あの、何かあったんでしょうか」

その日は、貴志と約束をしている金曜日の午前中で、私は吉川さんと本社近くのコーヒーショップに入った。

お昼前とあって、私たちの他に人はほとんどいない。

「専務は十分ほど前に社を出ました」

アイスカフェオレを飲んだ私に、吉川さんが続ける。

「あなたと会うために、一度マンションへ戻るそうです」

「あ、それは……すみません」

平日に貴志と会うことを非難しているのだろうか。忙しい彼が仕事を抜け出すのだから、吉川さんがそう思うのも当然だ。

「別にかまいませんよ。専務はご自分の仕事に支障が出ないよう時間を作っていますから。無理があれば、あなたには会わないでしょう」

淡々と話しながら、吉川さんもアイスコーヒーを飲んだ。

「今日は、あなたに伝えておきたいことがあったのです。私は専務の入社当時から、専属で秘書を務めております」

「そうなんですか」

「ええ。専務は大学時代から会社に入り、いずれ社を担（にな）う者として相当のプレッシャーをかけられていました。そしてその期待に応（こた）えようと、人一倍努力をされていました。大学に通いながら、空き時間は社にいらして仕事のノウハウをご自分に叩き込まれたのです」

吉川さんが語り始めた貴志の過去に驚く。彼が大学生の頃から会社にかかわっていたなんて、私は知らない。

「専務はあまりにも真面目で、それはもう、見ているこちらがつらくなるほどでした。私は常務取締役の方々、秘書課の者と話し合い、専務が気を張りすぎないようにと努めてまいりました。この頃は以前に比べ、多少の余裕をお持ちになられているようですが、それでも専務の頑なまでの真面目さは、今もお変わりありません」

貴志は中学生の頃も、そうだった。部活でパート練習中、納得いくまで何度も何度も演奏していた。昼休みに音楽室でひとり練習する姿を見かけたこともある。私との約束を覚えていてくれたのも、彼の生真面目さからなのだろうと納得がいった。

「ですが、伊吹さん。あなたがいらしてから、専務の肩の力が少々抜けたような気がするのです」

「え……？」

「私個人としては、専務にはそういうお時間が必要だと思っています」

こちらを見た吉川さんの表情が、いつもよりほんの少しだけ和らいだような気がした。

「お時間を取らせてしまい、申し訳ありませんでした。どうしても伊吹さんにお話ししておきたかったもので。このあとのお時間は大丈夫ですね？」

「ええ。待ち合わせは二時ですので、十分間に合います」

「そうですか。今、私がお話ししたことは専務には……」

「もちろん言いません。私も吉川さんのお話を聞くことができて、よかったと思います。

ありがとうございました」

私が少しでも貴志の役に立てたのなら、それだけでとても嬉しい。彼を好きだと思う気持ちは、何もやましいことではないはず。役目を果たすその日まで胸の中に秘めておけばいい。吉川さんの話を聞いて、気持ちが吹っ切れたような気がした。

マンションへ戻って念入りに支度をする。カジュアルな服装でいいと言われたので、綺麗めのジーンズに、少し甘めのブラウスを合わせた。

二時ちょうどにマンションのロビーへ下りると、ソファで貴志が待っていた。ついさっきの吉川さんの言葉が思い出される。彼がリラックスできる存在として、私はその役を務めよう。

「ごめんなさい、お待たせしちゃって」

「いや、僕も今きたところ。今日は僕が運転する車で行こう」

駐車用のエントランスにシルバーグレイの車が停まっている。ドアマンが車のそばに立ち、貴志の姿を見てお辞儀をした。

「お気をつけて行ってらっしゃいませ」

「ありがとう」

ドアマンが助手席のドアを開けてくれ、私は車に乗った。続いて貴志も運転席へ乗り込む。中は落ち着いた色のワインレッドのレザーシートだ。外観とのギャップがとても魅力的に映る。

　初めて見る彼の運転姿に胸が高鳴った。ハンドルを握る彼の手がプールでの出来事を思い出させる。体が熱くなる妙な気持ちを隠して、フロントガラスに目を向けた。

　それにしてもエンジン音といい、乗り心地といい、普通の車と全然違うんですけど。車高も低いし、これってもしやスポーツカー？　乗ったことがないから確認のしようがない。

「私、こういう車の助手席に乗るのって初めて」

「そうか。じゃあ、いつもと違う景色を楽しんでよ」

　興奮気味な私に貴志も楽しげな声を出す。

「これはどこの国の車なの？　国産……じゃないよね？」

「イギリスのメーカーだね。デザインは紳士的でエレガントだが走るとパワフルなんだ。そのギャップがいい。でも僕は国産車も好きで、そっちにもよく乗ってるよ」

「車、好きなの？」

「うん。最近のオフはこの車で出かけることが多いかな」

「スポーツカーなの？」

「ああ。新世代型のV12エンジンを搭載したスポーツカーだ」

「……そうなんだ」

貴志はいろいろ説明してくれるけれど、車に詳しくないので、さっぱりわからない。

「寧々って、いいなぁ」

「な、何が？」

「知ったかぶらないで質問するところ。そういうことって大事だよ」

わからないものは知ったかぶりのしようがないんだってば……

「寧々は免許持ってるの？」

「身分証が欲しくて一応取ったんだけど、ずっとペーパーなの。もう運転できなさそうな気がする」

「じゃあ僕の車で練習する？」

「そっ、それは絶対遠慮します。弁償できないもの」

「ははっ、ぶつける前提なんだね」

貴志がおかしそうに笑うから、私も釣られて笑ってしまう。

お天気はよく、平日の午後はどこもすいていて、のんびりした雰囲気だ。このまま……こんな時間がいつまでも続いてくれたら、最高なのに。

車に乗って四十分ほどがすぎた頃、見覚えのある風景が現れた。

ここは――

大切な思い出が胸に溢（あふ）れ出す。

「思い出の場所って、中学校のそばだったのね」

「ああ。少し歩いてみよう」

商業施設のパーキングに車を停めた。外は暑さが厳しく、アスファルトの照り返しが強い。学校のすぐそばまできて、貴志が立ち止まった。

「だいぶイメージが変わってるね」

「建て替えられたんじゃない？」

「ずいぶん綺麗になったな。僕らの頃は七不思議があるくらいに古い建物だったのに」

「そうだったよね。何だか全然別の学校に見える」

三階建ての校舎は明るいクリーム色に塗られていた。昔は建て増しを重ねて、校舎があちこちに分かれていたが、それもないようだ。面影がなくなったことに寂しさを感じていると、楽器の音が風に乗って届いた。

「あ、吹部じゃない？」

「聞こえるね。そろそろ部活の時間か。まだ始まったばかりかな」

「トランペットの音……！」

音だけは昔と何ら変わらない。

「一年生かな」

「多分」

微笑ましくなって顔を見合わせた。

学校を離れて周辺を散歩する。見慣れない店や新築のマンションが建ち、古い家は新しく建て替えられていた。

「ここはコンビニになったのか」

「あっちにファミレスができてるね」

「ほんとだ」

「ねえ、あそこは本屋さんじゃなかった？ 個別指導の塾に変わってる」

「違う街を歩いているみたいだ」

月日の流れに戸惑いながら歩く私たちは、路地を曲がった瞬間、同時に足を止めた。

「この辺りで約束したんだよな」

「うん、そう。そうね……」

路地は道がまっすぐに続いていて、遠くの空までよく見える。それだけは当時と全く変わっていない。二人を包む空気までもが、昔へ戻ったような錯覚に陥らせた。

しばらく無言で佇む。長くなった影が夏の終わりを教えている。十年以上も経ってから、彼とまた同じ場所に立つことになるとは思いもしなかった。

「寧々。あれ『とりの屋』じゃないか？」

貴志が指さす方向に一軒の店がある。今では珍しくなった、コンビニではない小さな商店だ。

「わぁ、まだあるのね。あそこでよく、おまんじゅう買ったよね」

「当時は買い食いが見つからないように必死だったな」

「そうそう」

お店でふかした薄皮まんじゅうを売っていたのだ。中身はこしあんのみ。観光地でよく売られている温泉まんじゅうよりも大きくて、甘みがあっさりしていておいしかった。

お店に近づくと、当時のまま店頭に大きな木枠のふかし器があり、湯気が漏れ出ている。

「食べてみる？」

「うん、食べたい！」

「よし、僕も食べよう」

私たちが買っていた頃のおばさんは引退したそうで、息子さんがお店を継いでいた。

おまんじゅうを持って近くの広い公園に行く。木陰のベンチへ座ると、秋の始まりを予感させるような心地よい風が吹いてきた。

「貴志はどこの高校へ行ったの？」

「都内にある私立の男子校だね。大学はまた別のところを受けた」

「楽しかった？」

「楽しかったのは高校までだな。大学に入ってからは半分仕事、半分学生っていう生活だったから。早く仕事を覚えなくてはいけないと必死だった」

吉川さんに聞いた話と同じだ。

「大変だったのね」

「そうでもないよ。君に比べたら」

「……」

おまんじゅうを口に入れると懐かしい味が広がり、思い出がみるみる甦ってくる。

「この公園、朝も帰りも通りがかりに男子が必ずブランコに乗るんだよね。それも立ち乗りして、そこから飛び降りるの」

「ははっ、中学生男子って何でああなんだろうなあ。僕もだったけどさ」

「飛び降りたあとに転んで、地面に顔面打った男子もいたよね」

「いたいた。横田っちじゃないか、それ。あいつ演奏は最高なのに、馬鹿ばっかりしてたよなぁ」

「横田っち懐かしい！ 今頃どうしてるんだろうね」

ふたりで声を上げて笑いながら、もうひとくちおまんじゅうをかじる。

車の窓越しに景色を見たときからひりひりと感じる、胸にしまっていた思い出が痛い。

それをごまかすように、私はぽつぽつと話し始めた。

「このおまんじゅう、すごくおいしいじゃない？」

「うん」

「どうしても我慢ができなくて、お父さんとお母さんに話しちゃったの。買い食いを叱られるのを承知でね。そしたら、叱るどころかふたりともそのおまんじゅうが食べたいって言い出して、ふたりをとりの屋に連れてきたことがあるんだ」

私の唇からするすると零れていくその話を、彼に楽しく語りたかったのに。

「お父さんとお母さん、お店の前で『本当においしいね！』って、おまんじゅうを頰張りながら私のこと褒めてくれたの。『連れてきてくれてありがとう』って。……楽しかったなぁ」

おまんじゅうのほんわりとした温かさと甘みが私の胸の奥をトントンと叩く。涙が目に浮かび、込み上げるものに逆らえない。

「おいしい。うん、おいしい……」

もぐもぐと口を動かしながら涙を零す。こらえようとしても父母の笑みが浮かんで、どうしても止まらない。せっかく楽しくしていたのに、馬鹿だな私。

「ごちそうさま。ごめんね、湿っぽくなっちゃって」

涙を拭いて笑顔を作ろうとしたときだった。横に座る貴志に肩を抱き寄せられた。彼の強い力に息が止まりそうになる。

「貴志……？」

「僕が、ずっと」

呟いた貴志は、それきり黙り込んでしまった。風がさわさわと木の葉を揺らしている。

「……どうしたの？」

「こういうときに言うのは卑怯だよな、ごめん」

そっと体を離した貴志は、優しい顔で私の顔を覗き込んだ。

「もう一個食べる？」

「もうお腹いっぱいだよー。……連れてきてくれてありがとう」

笑って、心からの感謝を貴志に伝える。

「いや……うん」

「きてよかった、本当に。あなたと一緒にここへくることができて」

そばにいてくれたのが初恋の、そして大人になってもう一度大好きになった彼で……

よかった。

「寧々の、家は」

「もうないの。当時住んでいた賃貸マンションは、私が出たあとに取り壊されたらしくて、今は老人ホームになっているみたい。ネットで確認しただけなんだけどね」

「……そうか」

ふと彼の手を見ると、甲に擦り傷ができていた。

「貴志、血が出てるよ」

「ん？　ベンチに引っかけたかな」

「見せて」

「大丈夫だよ」

「ダメ。ほっといたらよくないんだよ、はい」

バッグから絆創膏（ばんそうこう）を取り出して傷に貼った。目立ちにくいタイプのものだから貼っていても支障はないよね。

「……ほっといて、悪かった」

「大丈夫だよ、すぐに貼っておけば」

「違うんだ。本当にごめん」

「あっ」

今度は肩ではなく、上半身全部を貴志の腕の中に引き寄せられた。彼のシャツの匂いでいっぱいになる。

「寧々」

父母の話で同情させてしまっただけだろうと思った。でも、彼の声や私に触れる指先から、同情とは明らかに違う何かが伝わってくる。

「貴志」

「寧々、寧々……！」

これまでにないほど強く、強く抱きしめられた。

そんなにも切ない声を出されたら勘違いしてしまう。

貴志も私と同じ気持ちでいてくれるのではないかと。私が彼を本気で好きになってしまったように、彼も私のことを……

彼のシャツをそっと掴んだ。

もし、もしもだけれど、貴志が私を好きになってくれたのなら、それほど嬉しいことはない。いつまでも彼のそばにいることを許されるのなら、私は——

音楽教室の受付をしながら、先日のことを思い出す。

思い出の公園をあとにした私たちはパーキングまでの道のりを黙って歩き続けた。何も言葉にしなくても、お互いの気持ちがわかるような気がしたのは私だけだったのだろうか。

貴志にもう一度会って、公園で私に言ったことの意味や、私を抱きしめたときの気持ちを知りたい。期待してもいいんだと、貴志の口から直接聞きたい。

小さくため息を吐くと、ドアチャイムの音が軽やかに響いた。入ってきた女性が私の前に立つ。

「こんにちは」

挨拶をする私を見下ろした女性は、とても不機嫌な顔をしていた。これはクレームかもしれない。瞬時に悟った私は緊張で背筋を伸ばしつつ、対応の言葉を頭の中に並べる。

長い髪を掻き上げたその女性は気怠そうに口をひらいた。

「あなたが伊吹寧々さん？」

「はい、そうですが？」

私の名前を知っていることに驚く。

胸元に名札を付けているのだから、名前を知られているのはおかしくない。でもいかにもセレブな感じの、私には全く縁がなさそうな女性だ。もしここで会っていたら忘れるはずがない。

「ちょっといいかしら。あなたと外でお話がしたいの。お時間いただける？」

「ただいま確認をしてまいりますので、少々お待ちくださ――」

「店長、いいわよねえ？」

後ろのデスクへ向けて女性が強い口調で言い放った。……何、この人。

「これはこれは豊原さん、ご無沙汰しております」

店長がこちらへ駆け寄る。この女性は大事なお客様なのだろうか。

「伊吹さん、ここは大丈夫だから。失礼のないようにね」

「わかりました」

焦る店長の表情と、有無を言わせない女性の口調に嫌な予感がする。周りの皆も不安げな様子でこちらを見ていた。

楽器店近くのカフェに入る。女性はアイスカプチーノを、私はアイスカフェラテを頼んだ。

「私は豊原と申します。今日はあなたに確認したいことがあって、ここまできました」

「確認、ですか」

「あなた、貴志さんとどういうご関係なの？　ずいぶんと彼に纏わりついていらっしゃるようだけれど」

彼の名を出されてぎくりとする。この女性は、貴志とどういう関係なのだろうか？

「それは」

口ごもる私に、カプチーノを飲んだ彼女がクスリと笑った。

「勘違いなさらないでね。貴志さんがあなたに優しくするのは期間限定の気まぐれと、私と交わした約束のせいなんですから」

「約束？」

「私は彼の見合い相手で、婚約者です」

この人がお見合い相手……！　でも待って。今、婚約者って言った……？

「彼と私の結婚は決まっているようなものなの。一応形としてお見合いの席を設ける予定だけれど、そのときに正式に結婚が決まるわ。でもその前に、お互いもう少しだけ独身生活を楽しみたいという話になったの。お見合いまでの間は、それぞれの交友関係に干渉し合わないこと。もちろん男女の仲もね。それが私と彼が交わした約束」

心臓がどきんどきんと嫌な音を立て続けている。

「だから本当は、あなたとのことをとやかく言うつもりはなかったの。でも、正直がっかりしたわ。遊びとはいえ、彼があなたのような人と親しくするなんて。まぁ、独身最後に、そういう機会を作りたかったのかもしれないわね。確かに、どこにでもいる平凡で貧相な人と接するなんて物珍しくはあるもの」

いかにもおかしいといったふうに、豊原さんはクスクスと笑っている。

「何を、おっしゃりたいのでしょうか」

「察しが悪いのね。さっき言ったように私たちは結婚が決まっているの。見合いは今月に行われる予定です。そろそろ、彼の周りをうろうろするのはやめてくださる？　迷惑だし邪魔なのよ」

結婚が決まっている？　迷惑で、邪魔……？

「貴志さんの秘書の吉川が、あなたが勤める音楽教室へたびたび行っていたわよね？それはあなたが調子に乗って、貴志さんに対しておかしな行動を取らないかどうかを確認していたの。それを、あなたはご存じかしら」

「吉川さんが？」

「そうよ。これから社を担っていく予定の貴志さんに、全くふさわしくない女とのスキャンダルが出たらと思うと、吉川だって気が気ではなかったはずよ。秘書なのに余計な心配に時間を取られて、同情するわ」

肩をすくめた彼女は再びカプチーノを飲んだ。

「私が彼の遊び相手として、選ばれたということでしょうか」

声が震えてしまう。だってそんなこと、信じられない。貴志はお見合いを壊してほしいから、私と恋人の契約を――

「あら、信じられない？　だったら教えてあげる。貴志さんはあなたのこと……ご両親がとっくにお亡くなりになっている女性だから適当に遊んで捨ててもかまわないのだと、教えてくれたわ」

「っ！」

あまりにもひどい言葉を受けて、頭を殴られたような衝撃が走った。

この人は私の両親のことを知っている。会社の皆はもちろん、店長ですらそのことは知らないはずだ。ということは、本当に貴志がこの人に話した……

「あなたは鈍感な人のようだから、はっきり言わせてもらうわね、伊吹さん」

刺すような視線で私を見る。

「貴志さんが作った音楽教室を今日限りで辞めてちょうだい。あなたの次の職は私が紹介するわ。今後一切、彼にかかわらないでいただきたいの。あなたみたいな人が貴志さんのそばにいれば、それこそ彼の品性を疑われかねないわ。貴志さんにご迷惑がかかること……それくらいは、あなたの頭でも理解できるわよね？」

本来なら、初対面の人間をここまで馬鹿にする人を許す私ではない。でもそれ以上に、彼女の話にショックを受けていて、何も言葉が出なかった。

「もちろん退職の理由を店長には話さないでちょうだい。今日、私がここにきたわけもね。貴志さんのプライベートの問題ですから。そうね、あなたは以前、音楽雑貨店にいたと聞いたわ。探している雑貨の取り扱い店を知りたくて、あなたに会いにきたとでも言っておいて」

全部、嘘(うそ)だったの……？

「恋人ごっこはこれまでね。彼の相手をしてくれてありがとう。お疲れ様でした」

ニセの恋人になってお見合いを邪魔してほしいと言ったのも、お見合いをする気はないと言っていたのも全部、嘘(うそ)だったの……？

テーブルの上に千円札を置いた豊原さんは、呆然としている私を気にも留めず、その場を去った。

残暑の名残があるはずなのに、寒くてたまらない。

教室の受付に戻り、そこにいた佐々木さんにお礼の言葉を述べた。

「すみません、ありがとうございました」

店長の姿はない。楽器店にいるのだろう。

「いいけど、それよりも伊吹さん大丈夫？　顔が真っ青だよ」

「……大丈夫です。すみません」

「何の話だったの？」

「あ、いえ、たいしたことじゃないんです」

座った私の後ろに佐藤さんがきて、小さな声で私たちに話しかける。

「豊原さんって、あれでしょ。専務の婚約者の最有力候補っていう噂があった人」

「ああ、見たことあると思った。半年くらい前に彼女と専務のふたりでいるところが週刊誌に載ったんだっけ。彼女ものすごいセレブでさ、それをおおっぴらに自慢してるからすごく鼻に付くんだけど」

不満そうに佐々木さんが答える。

「その記事、写メして残してあるよ。えーと……ほらこれ」

佐藤さんはポケットから取り出したスマホで、画像を見せてくれた。確かに貴志と豊原さんが並んで歩いている。細かいところまではわかりにくいけれど、ふたりの表情は穏やかだ。豊原さんが貴志に寄り添っているようにも見える。

「よくこんなのとってあったね！　このあと、特に噂はなかったから豊原さんの話は消えたと思ってたんだけどな〜。彼女、何しにきたんだろう？」

「伊吹さんが専務に可愛がられていると思って乗り込んできたんじゃない？　専務は私のものよ、ってさ。嫌な女」

「伊吹さんと専務って仲よかったっけ？　確かに、専務が伊吹さんに会いにきたことはあったけど。それくらいのことで目くじら立てるかなぁ。っていうか、何で豊原さんがそんなこと、知ってるの？」

「ヒマもお金もあるんだから、いくらでも調べられるでしょ。気をつけてよ、伊吹さん」

もうひとつの画像には「大企業グループ御曹司のお相手は、成城在住のセレブなお嬢様!?」と、週刊誌の大きな見出しがあった。

「……伊吹さん？　震えてるよ。本当に平気？」

「すみません、大丈夫です。ちょっとトイレに行ってもいいですか」

「ついていこうか？」

「い、いいえ、大丈夫です。ありがとうございます」

気持ちが悪い。頭も痛い。

おぼつかない足取りで従業員用のレストルームへ入った。鏡に映った自分を見て、ぎょっとする。言われた通り顔が真っ青だ。背中に冷や汗まで掻いている。

豊原さんは正真正銘、貴志の婚約者候補……それも最有力候補というのは嘘じゃないだろう。

半年前に貴志と豊原さんが一緒に週刊誌に載った。その頃に形だけのお見合いを決めて、それぞれ結婚するまでは遊ぶ約束をしたなら、時期的に辻褄は合う。その後、彼は偶然再会した私を、退屈しのぎのための遊び相手として選んだ。私に両親がいないことを利用して、物珍しいから私をかまっていた。

それが本当だったのなら。悔しさや怒りよりも、ただただ……悲しかった。悲しくてたまらなかった。

貴志の本心を確かめたい……。でも、それで彼女が言ったことを全て肯定されてしまったらと思うと怖くて聞けない。ふたりが並んで歩く画像が目に焼きついて離れない。

貴志が私を思ってくれているかもしれない、そう感じたのは思い上がりにすぎなかったんだろうか。

貴志はなぜ、豊原さんが婚約者だと教えてくれなかったのだろう。それはやはり、私に嘘を吐いていたから？　もう何を信じたらいいのかわからない。頭の中がぐちゃぐちゃで判断できない。

今すぐにあのマンションを出よう。ひとりになって冷静に考えたほうがいい。

もともと、あと数日で出る予定だったんだ。それが少し早まっただけ。

退社前に、楽器店にいた店長のところへ行く。

「店長すみません。お話があるのですが、少々よろしいでしょうか」

「ああ、伊吹さん。そういえばさっき、豊原さん何だって？　何か特別なことでもあった？」

「いえ、そうじゃないんです。私が前に音楽雑貨店で働いていたことを知っていらして、手に入れたい雑貨の取り扱い店を教えてほしいと頼まれました」

豊原さんに言われた通りの言葉を並べた。

「ああ、そうか。伊吹さん、雑貨の店にいたんだもんな」

「……はい」

「いやぁ、豊原さんのお父さんの会社がうちの取引先でもあるから、何かあったら困るんだよね。専務の婚約者候補でもあるから失礼がないようにしてね」

ははは、と店長が笑った。店長も婚約者候補のことを知っているんだ。

豊原さんに憎まれている私が残れば、ここにいる人たちにまで迷惑がかかってしまう。

「店長。急で申し訳ないのですが、今日で辞めさせていただきます」

「え!?」

「勝手なことを言って、本当に申し訳ありません」

「いや伊吹さん、ちょっと待って。まさか本当に豊原さんと何かあったの？」

「いえ、違います」

「うーんまぁ、伊吹さんは明日と明後日がお休みなんだし、少し落ち着いてゆっくり考えるといい。せっかく仕事も覚えたんだし、もったいないよ。ね？」

店長は困ったというふうに首の後ろを掻いた。

「すみません。あの、このことは、まだ誰にも言わないでいただきたいのですが」

「もちろん。だからちゃんと、この休日中に考えなさいよ」

「……はい」

辞めたくはない。でももう、どうしようもない。

たった二か月強の間ではあったけれど、まるで自分がおとぎ話のお姫様になったような幸せな日々だった。……本当のお姫様ではないというのに。

「恋人ごっこだって」

豊原さんに突きつけられた言葉を復唱する。確かに貴志に頼まれたのは恋人の真似ごっこだ。彼は期間限定で私と楽しく遊んでいただけ。

「ふふ、馬鹿みたい」

どうせ遊びなら体も奪ってくれればよかったのに。豊原さんがいるから、そこまでは手を出さなかったの？　それとも別れるときに、もめたら困ると思ったから？　考えれば考えるほど惨めになる。

昨日、会社から帰宅した私は少ない荷物をまとめて、段ボール箱へ詰め込んだ。そして今朝、一時的に荷物を預かってくれるという倉庫へ送った。仏壇は丁寧に梱包して別のところに預ける。貴志が買ってくれたものは全てこの部屋に置いていくことにした。

吉川さん宛てに「お世話になりました」とひとこと書き、部屋のカードキーを同封して、本社に送った。店長にも辞める旨を封書で出す。準備を終えたらお昼になってしまった。

どこへ、行こう。

久しぶりに温泉でも行ってのんびりしようか。一週間くらい旅館やホテルを泊まり歩いても、引っ越し先へ移る貯金は十分ある。しばらくの間、静養してもなんとかなりそうだ。

まずは近場の箱根か熱海にでも泊まろう。スマホで検索をすると、空いている宿がいくつか見つかった。おススメのスポットが同じ画面に登場し、そちらのほうに目が行く。

「富士山が見える温泉、か。せっかくいいお天気だし、どうせならそっちに行ってみようかな」

すぐに電話で予約を入れ、ボストンバッグひとつで私は電車に乗り込んだ。

新宿から河口湖へ向かう。富士山が突如大きな姿を現したときは、歓声を上げそうになった。九月中旬の富士山にはまだ積雪はない。青々とした雄大な姿を見ていると、さざめく心がいくらか穏やかになった。

予約を入れた温泉旅館は、目の前が湖の素晴らしい立地だ。十畳ある和室の窓から富士山がとても大きく見える。

「ごはんの前にお風呂に入っちゃおうかな。急げば間に合うよね」

私は荷物を片づけて、早速大浴場へ向かった。

体を流して外の露天風呂へ。もうすぐ夕飯の時間だからか、露天風呂には私しかいない。

「富士山も湖も綺麗だし、明るい時間にお風呂に入るのって贅沢(ぜいたく)」

眼前に広がる美しい景色を眺めてひとりごちる。

こんこんと湧く天然温泉が、私の体をじんわりと温めてくれた。この辺りは残暑の厳しい東京に比べてだいぶ涼しい。清々(すがすが)しい空気を吸って夕暮れの空を見上げた。カラスがカァと鳴きながら飛んでいく。

「のんきだね」

呟(つぶや)いて苦笑する。のんきなのは私だ。

明日の午前中、私の退職届が店長のところへ届くはず。せっかく引き留めてくれた店長には本当に申し訳ない。仲よくなった皆にも、急に辞めたことで迷惑をかけるだろう。誰かに相談したかったけど、貴志のスキャンダルになっては、と考えてやめた。誰にも言えないって、つらいな。落ち着いたらまた、実加と会おうか。

お風呂から上がった私は、指定された食事処へ行った。

周りは赤ちゃんを連れた若い夫婦やカップル、年配のご夫婦などで、女のひとり旅は見かけない。

旬の香りいっぱいの先付け、新鮮なお刺身、きのこと和牛の鉄板焼き、炊き込みごはんに香の物。可愛らしいスイーツ。豪勢な料理は、どれもとてもおいしい。なのに……

虚(むな)しい気持ちばかりが湧き上がり、半分以上残してしまった。

部屋に戻ると布団が敷いてある。ふかふかの布団に倒れ込んで枕を抱きかかえ、大きく息を吸い込んだ。

貴志、今頃どうしてるかな。勝手に出てきた私をどう思っているだろう。私がマンションの部屋にいないことは、吉川さんから伝わっただろうか。貴志の顔を思い出しただけで胸がずきずきと痛む。

今までひとりで生きてきて、寂しさなんて感じたことはないのに。今は寂しくて寂しくてたまらない。

再会した日の私を強引に誘う表情や、私の話を聞いて楽しそうに笑う顔、私が作った料理を嬉しそうに食べ、両親の前で静かに手を合わせてくれた後ろ姿。水の中で私に触れた手の熱さ、照れたようなしぐさや、公園で私を抱きしめながら「寧々」と切なそうに呼んだ声が、どんなに打ち消そうとしても離れない。

大人になった貴志を好きになったのは、御曹司だからとか、お金持ちだからとか、そういうことじゃない。彼のことを知れば知るほど、もっと知りたくなって、たくさん話して、そばにいたくなった。

貴志に、会いたい。

私のことを必要としていなくても、私とのことはただの暇潰しでも、豊原さんと結婚が決まっていても、そんなの全部わかっていても、……たまらなく貴志に会いたかった。

翌日も同じ部屋に泊まった。三日目は清里に移動し、友人らと遊びに行ったことのあるペンションを訪れる。アットホームなペンションは居心地がよく、三泊もした。

「どうもありがとうございました」

「こちらこそ、ありがとうございました」

ペンションの奥さんが町へ出るついでだからといって、車で駅まで送ってくれた。

家を出てから五日になる。私は旅の間、ネットで引っ越し先を探していた。もう、いっそのこと東京から離れたほうがいいのかもしれないと思い、北や南も検討している。こんなとき、ひとりは身軽だ。あと二日ほど休んだら不動産屋を回ってみよう。

「今度はどこへ行くの？」

車を降りようとした私に奥さんが訊ねた。

「まだ迷っているんです。どこかおススメの場所ってありますか？」

「そうねえ。あ、そうだ、ちょっと待ってね。確かここに……」

奥さんはダッシュボードの上に無造作に置いてあったチラシに手を伸ばす。

「ああ、あったこれこれ。ペンション組合のお知らせでね、こういうチラシが入っていたのよ。音楽に興味ある？」

「え、っと、はい」

音楽と聞いただけで胸がぎゅうっと苦しくなる。

「だったらここはどう？　今度の日曜日と、その次の日曜日に、このホールでクラシックコンサートをするみたいよ。結構有名なオーケストラらしくてね、ペンションに泊まるとチケットが割引になるんだって。まだチケットが残っているかは、わからないけど」

「あ……！」

チラシを受け取った私は、ホールの場所を見て目を疑った。

これは、貴志と一緒に行こうと約束した軽井沢の音楽ホールだ。こんぺいとうのような星が輝いていた帰り道。彼がいつか連れていってくれると言った……

「あの、このチラシ、もらってもいいですか？」

「どうぞどうぞ持っていって。泊まるの？」

「まだ、わからないです」

「ペンションが空いていてもチケットはあるかどうかわからないから、必ず確認してね」

「はい。ありがとうございます。本当にお世話になりました」

「気をつけて行ってらっしゃい」

　車を降りた私へ、ほがらかに笑った奥さんは車を発進させた。季節はずれの駅前に佇(たたず)む。

　このタイミングでこんな偶然って、ある？

　もう一度チラシを見て確認する。やはりあの場所だ。友人宅で録画を見たコンサートホールに間違いない。教えてもらったペンションをスマホで検索すると、今夜は空室がある。チケットも残っているようだ。ここへ泊まって、そしてひとりでコンサートを聴きにいく。貴志と約束した場所に。

　振り向いて駅の時刻表を確認した。小諸(こもろ)方面に乗れば軽井沢に行ける。数時間でホールにたどり着く。私は一体、どうしたいの。

「私は――」

　呟(つぶや)いたら涙が溢(あふ)れた。

　あの日の遠い約束は、ひとりになってしまった私の宝物だった。通学路で交わした、ただ一度の約束なんて、忘れられても仕方がない。一生叶(かな)うことなどないと思っていた。

だから、再会した彼が私との約束を覚えていてくれただけで幸せだった。でも、やっぱり私は――

私はあなたとふたりで行きたいよ、貴志。

大切な約束をふたりで叶えたい。

たとえ私が邪魔者だとしても、一緒にコンサートホールへ行こうと誘いたい。約束を忘れないでいてくれた貴志に、ニセモノではない私の本当の気持ちを知ってほしい。あなたが好きだと、顔を見て伝えたい。全てが嘘だったとしても、私の気持ちは本物なのだから。

涙を拭って、彼の笑顔を思い浮かべる。

私が好きになった貴志は、豊原さんの話のように、そんなひどいことをする人だろうか。真実を貴志の口から聞くのが怖くて、逃げるように出てきてしまったけれど。

ふと、貴志の秘書である吉川さんを思い出す。

吉川さんは私が貴志のお見合いを壊すために、ニセの恋人となったことを知っている。もし吉川さんが私を、貴志に不必要に近づかせないためだけに監視していたというのなら、わざわざ貴志の仕事の様子を見せたり、貴志の過去を話したりするだろうか。貴志が私と接することで肩の力が抜けたようだなどと、教えるだろうか。

「やっぱり確かめないと……ダメだ」

豊原さんの話通りだったとしても、覚悟を決めて貴志の口からはっきり聞こう。そうでなければ私の初恋がいつまでも終わらない。

私は東京方面へ戻るために小淵沢行の電車を駅のホームで待った。そこで吉川さんに連絡を取ることにする。貴志は忙しい。吉川さんなら彼の予定を全て把握しているはずだ。電車が到着するまであと二十分はある。

スマホにはこの五日間、貴志と吉川さんからの着信が何度も入っていた。臆病な私はその着信を全て無視し、留守電も聞かずにいたのだ。

ボストンバッグをベンチに置き、何度も深呼吸をしてから、スマホで吉川さんを呼び出した。

『はい、吉川です』

「お忙しいところすみません。……伊吹です」

『少々お待ちください』

「え、はい」

あまりに普通の返答で拍子抜けしてしまう。怒っていないわけはないと思うのだけど……

『お待たせいたしました。あなたは伊吹寧々さんでお間違いないですね？』

「間違いありません」

『仕事中でしたもので申し訳ありませんでした。そして、伊吹さん』

「はい」

『私はあなたに腹を立てております。突然カードキーだけを私に送りつけたうえ、理由も言わずに音楽教室の事務を辞め、専務や私からの連絡は一切無視されたことを』

「……申し訳ありませんでした」

『そのあなたが私に何のご用なのでしょう？　専務のことはお見捨てになったのでは？』

「ち、違います！　見捨てるだなんてそんな……！」

『専務は血眼になってあなたをお捜しですよ。仕事にも身が入らないようで、こちらは大変な迷惑をこうむっております』

貴志が私を捜している。

それはそうだ。貴志が私の部屋を借りて職場も探したのは、ニセの恋人という契約をしたからだ。私を拘束することと引き換えだったのに、その私が逃げてしまったら契約違反に値する。怒るのも無理はない。

「それは本当に、ごめんなさい。申し訳なく思っています。でも私、今さらですが彼と会って確かめたいことがあるんです。そこで自分の気持ちを素直に伝えたい。逃げないで、向き合わなくてはいけないと思ったんです。彼と会わせていただけますか」

吉川さんが沈黙したのは一瞬だった。

『専務は今夜、パーティーに出られる予定です。そこには専務の花嫁候補の女性がたくさんいらっしゃるようなのです。専務にどうにか結婚相手を紹介しようとしている関係者、大企業のご令嬢、芸能人やモデルの方。専務ご自身はパーティーにそのような意図があることをご存じありません。私も昨日知り合いから偶然聞いた話でまだ裏が取れず、専務にはお伝えしておりません。直接あなたが会場にいらして、専務を助けてくださるのなら、それが一番いいのでしょう。もともと、そういうお約束でしたね？』

「はい、そうです」

私が貴志を助ける。それはお見合いを壊すという意味だ。そのことで貴志が吉川さんにまで嘘（うそ）を吐（つ）く必要があるとは思えない。そしてなぜ、婚約者の豊原さんがいるのに、花嫁候補を集めたパーティーがひらかれるのか、豊原さんがどうしてそれを止めないのか不思議だ。ふつふつと湧いてくるそれらの疑問を今すぐにでも確かめたいけれど。

『伊吹さんが、ご自分でその約束を果たされるのでしたら、ホテルの場所をお教えします』

「行きます！　お願いします、教えてください。吉川さん」

とにかく今は貴志に会いに行こう。

『今はどちらにいらっしゃるのでしょう？』

「小海線（こうみせん）の甲斐大泉（かいおおいずみ）駅です」

『承知しました。それならば夕方までにこちらへ戻ってこられますね。マンションの部屋はそのままになっております。コンシェルジュに鍵を預けておりますので、フロントに声をおかけください。私から伊吹さんが本日帰られることをコンシェルジュに伝えておきます』

「ありがとうございます」

『お部屋に戻られましたら、もう一度私へご連絡をください。一応、パーティー開始の時間と場所をお教えしておきます。メモのご用意をお願いします』

六本木のホテルで、パーティー開始は七時から。

『では、ご連絡をお待ちしておりますので』

「はい、よろしくお願いします……！」

高原の秋風は、涼しさを通り越して肌寒くなっていた。

私は貴志に向き合う勇気を風にさらわれないよう胸の奥にしっかりしまって、電車を待った。

3　初恋の情熱をあなたに

五日ぶりにマンションへ戻った。途中、お昼ごはんを食べたので、今は夕方の四時前だ。旅行の荷物を片づけて、シャワーを浴びる。

私は貴志が最初に買ってくれた、黒いシルクのワンピースを着てホテルへ行くことにした。

吉川さんとは七時すぎに、パーティー会場となるホールの外で待ち合わせをする。歓談が始まる頃に行くほうがいいだろうとのことだ。

「吉川さん、本当にすみませんでした」

「いえ、お疲れ様でした。では行きましょう」

吉川さんは頭を下げる私を叱ることはなく、普段通りの冷静な対応だった。厚い扉を開けた吉川さんに続き、会場へ入っていく。

中はすごい人の数で、ほどよくざわめいていた。皆、手にグラスを持ち、好きな場所へ移動する立食形式だ。

「普段からよくある、他社や取引先との交流パーティーを兼ねておりますので、今のところ専務はお気づきではありません。ただ、いつもより派手な方がいらっしゃることや、既に専務の周りに女性の方々が集まっておられるので、多少警戒はしているはずです」

「なるほど」

「専務はあちらです。では」

「あ、ありがとうございました」

ぺこりとお辞儀をして顔を上げると、頷いた吉川さんは人ごみに紛れていった。

ここからはひとりだ。広いホールの中、大勢の人々の間を、縫うように進んでいく。

貴志が、いた。

彼の姿を見た途端、心臓をぎゅっと掴まれる。

ダークグレーのスーツに身を包み、片手にシャンパングラスを持っている彼は、他の男性よりもひと際素敵に見えた。背が高く、無駄な肉づきのないすっきりとした体躯は、脱ぐと意外にもしっかり筋肉がついていて男らしかったのを思い出す。立ち居振る舞いは品があり、嫌味のない動作はきっと誰からも好かれている。貴志はどこにいても皆の視線を離さない、素晴らしい男性なのだと改めて気づかされた。

綺麗な女性たちに囲まれる貴志へ、少しずつ近づく。何度も腕時計を見ている彼は、ふいに不機嫌そうな表情をした。もしかするとパーティーの意図に勘づいたのかもしれない。

急いで彼の周りにいる女性たちの後ろに行った。貴志はまだ私の存在に気づいていない。どきんどきんと心臓が大きく音を立て、周りの音が遠ざかっていく。緊張で足が震えている。

思い出すのよ。貴志は私にどうしてほしいと言っていた？

冗談交じりに笑って私へお願いしたことは、何だった……？

気持ちを奮い立たせて女性たちの間をすり抜け、貴志の前に立つ。彼がこちらを見た。

さあ、一気に言うのよ！

「こっ、こ」

頑張れ私！

「この人は」

一斉に私を見る周りの女性の視線が、ますます足を震えさせる。とてつもない美人ばかりだ。深く息を吸い込み、貴志にすり寄る女性との間に割って入った。彼の腕に抱きついて声を吐き出す。

「貴志さんは私の恋人なんですっ！　ですから、彼に近寄っても無駄です！」

冷静に考えたらとんでもないセリフだ。

私を見ていた周りの女性たちが口をぽかんと開け、次の瞬間クスクスと笑い出した。

「何言ってるの、この人」

「誰？」

「変な人ね」

「勘違いもここまでくると、こわ～い」

私が彼女たちの立場だったら同じことを口にすると思う。怖いですよね、はい。でもこれは私の任務だから、ここでやめるわけにはいかないの。

次は……どうするんだっけ。私が彼をさらって、そのまま会場をあとにするのよね？

本当にそんなことをしていいのだろうかと怯む気持ちを投げ捨て、彼の腕をさらにぎゅっと強く掴む。すると、そばにいたモデルのようにスタイルのいい女性が貴志の顔を覗き込んだ。

「神谷さん、こんな人の言うことは嘘よね？」

「いや、彼女の言う通りなんだ。彼女は僕の、恋人だよ」

穏やかに応える貴志の言葉に女性たちが静まった。私の体も硬直する。恐る恐る顔を上げて見た彼の横顔は、満面の笑みをたたえていた。

貴志がそんな返答をするとは想定外だった。このあと一体どうしろと。じゃあそういうことで、と私が彼を会場から連れ出せばいい？　それしか思い浮かばない。そう意を決したのと同時に。

女性たちの間を割って、豊原さんが現れた。

貴志の婚約者ということで、遠くから余裕を持って彼を見ていたのだろうか。私がきたことに気づき、慌てて登場したのだろうか。まさかこの会場に彼女がいたとは思わず、全身から冷や汗が噴き出す。余計なことをするなと言わんばかりに私を一瞥した彼女は、貴志に寄り添った。

「貴志さん、何を言っているの？　あなたは私の婚約者になるのよね？　こんなどこにでもいるような人を使ってまで、ここにいる皆さんを牽制しなくてもいいのよ？　私がいれば――」

「豊原さん」

言葉をさえぎった貴志は、彼女へ冷ややかな視線を向けた。

「君との縁談は半年も前にお断りしているはずだ。その話も、君のお父さんと君が強引に持ち込んだもので、僕の両親も僕自身も最初から全くそのつもりはない」

「た、貴志さん」

「その後の申し入れも丁重にお断りしている。勝手に話を進めないでいただきたいんだが」

貴志の声色は、ぞっとするほど冷たいものだった。

「こっ、こんな平凡な人、あなたにふさわしくないじゃない！　そんなこともわからないなんて、貴志さんはどうされたの⁉」

「僕にふさわしいかどうかは、僕が決めることだ」

言い放つ貴志の真剣な表情に胸が締めつけられる。本気で彼にこんなふうに求められたら、どんなにか幸せだろう。

「何の後ろ盾もない、両親もいないような貧しい女よ？　あなたに何の得があって？　こんな――」

「おかしいな」

低い声が彼女を黙らせた。

「あなたは彼女をご存じなのですか？　僕が伺ったとき、彼女とは一切個人的な話はしていないと言っていたのに。なぜ、そんな個人情報を？」

「そ、それは――」

「話にならないな」

貴志の腕を掴んでいた私の手を、彼がそっとはずす。拒まれたのかと思う間もなく、私の手は彼の温かな手に取られ、強く握られた。大丈夫だよという、彼の気持ちが伝わってくる。

「豊原さん。あなたほどの人なら僕のような者よりも、もっと優れた男性がいるでしょう。あなたは国内にとどまらない、海外で活躍されるセレブに選ばれるほうがお似合いなのでは？　各方面からお誘いを受けていると噂で聞いていますよ」

皆の前で貴志に断られた人というレッテルを貼られないようにするための、彼の巧みな誘導に感心してしまう。これなら、豊原さんのプライドが傷ついたままということはないだろう。

「ま、まぁ、誘いがないこともありませんけど」

「でしょう？　僕なんかでは、あなたの相手はとても務まりませんよ」

豊原さんの口調が和らいだのを見すごさなかった貴志は、彼女だけではなく周りにいた女性に向けて微笑んだ。

「僕は今後も見合いをする気はないし、婚約者を探しているわけでもありません。ここにいる彼女が僕の恋人なんですから」

いちいち貴志の言葉が胸にじんときてしまう。これは演技だとわかっていても、ときめきが止まらない。それに、私がさらっていこうと思っていたのに貴志が自ら恋人宣言をしてしまうし、豊原さんとのお見合いの話は私が知っているものと、まるで違う……。

「ということで、皆さんはどうぞ、ご歓談を楽しんでください。今夜は僕がここにいる意味はあまりなかったようですので。では失礼」

私の肩を抱いた貴志が、にっこり笑った。彼は呆気にとられている女性たちの間を、私を連れて颯爽と歩き始める。そしてふたりで会場をあとにした。

これは一体、どういうこと？

豊原さんとのお見合いを断っていたということは、別の人とお見合いをするの？　私がいなくなったあと、その原因を豊原さんに聞いたの？　興奮と混乱とで、何を言葉にしたらいいのかわからない。

私たちの後ろから足音が聞こえる。顔だけ振り返ると、吉川さんがあとをついてきていた。

「ありがとう」

歩く速度は落とさずに、貴志が呟いた。

「会場でおかしな意図があることにすぐ気づいたんだが、彼女らにどう説明しようかと困っていたところだ。寧々がきてくれて助かったよ。僕が望んだ通りのセリフをそのまま言うとは、驚いたな」

言葉とは逆に、彼の横顔はひとつも笑っていなかった。

音楽教室を辞めたこと、勝手にマンションを出たこと。それらの説明の前に……謝ろう。

「あの、貴志」

「だが、僕はそれ以上に怒っているんだ。わかるね？」

「……はい。私、あなたに、んっ！」

貴志は私の肩を痛いほど強く掴んだ。これ以上は言うなという示唆が伝わる。

「ここを出てから、ゆっくり寧々の話を聞く。それから吉川」

「はい」

立ち止まった貴志と私のそばに、吉川さんが後ろから駆け寄った。

「いつから知っていた」

「いつから、というのは」

「とぼけるな。寧々の居場所に決まっているだろう。お前が知らせる以外に、誰が寧々にこの会場を教えるんだ」

怒鳴ったりわめいたりしない静かな声が、逆に私を震わせた。貴志は本気で怒っているのだ。

「寧々と連絡が取れた時点で、なぜ僕に言わなかったのかと聞いている」

「申し訳ありません。理由は伊吹さんに伺（うかが）っていただければと思います」

淡々と答える吉川さんを尻目に、貴志は私の肩を抱く手に再び力を入れて歩き始めた。

「どうせ、今も一部始終を見ていたんだろう」

「はい。それで早速、豊原様のことですが」

「彼女には適当なところから誘わせておけ。今村（いまむら）と渋谷（しぶや）に連絡を入れれば話が早い。二、三日中に必ず実行させるように」

「海外在住がご希望ということで」

「その辺も適当でいい。二度と寧々に近寄らせないようにするだけだ」

「かしこまりました」

「明日の予定はどうなっている」

「日曜ですので夕方までは何もありません。六時から新宿でレセプションパーティー、その後、八時より青山（あおやま）で会合がございます」

「わかった。明日連絡を入れる」

ロビーに着いたところで、私は貴志の手から解放された。

「寧々を先に車に乗せて、入口で待っていろ」

「行き先はどちらへ」

「今から決める。寧々」

「は、はい」

「ここで逃げたら今度こそ……許さないからね」

射貫かれるような瞳に捉えられて、こくんと頷くしかできなかった。

吉川さんと一緒にホテルの出入口へ向かう。吉川さんがスマホで連絡をすると、すぐさま正面の駐車場から貴志の送迎車が現れた。

「吉川さん、ごめんなさい。あなたが叱られることじゃないのに」

「いえ、別にかまいません。それよりもお疲れ様でした。私は残って後処理をしておきますので、専務とゆっくりお話しなさってください。あ、専務がいらっしゃいましたよ」

「ありがとう、吉川さん」

吉川さんに促され、後部座席に乗り込む。

窓越しに貴志の姿が見えた。ホテルのドアマンに挨拶された貴志は、早足でこちらへ向かってくる。車のドアの前で立つ吉川さんと貴志の会話が聞こえた。

「お前の話も明日、しっかり聞かせてもらうからそのつもりで」

「もちろんです」

「あとは任せた。何かあればすぐに報告してくれ」

私の隣に貴志が乗り込んでくる。

「出してくれ」

「かしこまりました」

貴志は運転手にホテルの名前を告げた。そこで私の話を聞くのだろう。すぐに謝りたい。でもまずは、彼に一番に告げたいことを。


六本木を離れた車は、銀座にあるホテルの前に到着した。再会した日に泊まらせてもらったところとは別の、こちらもまた素晴らしい高級ホテルだ。

「神谷様、いらっしゃいませ」

「先ほど連絡を入れておいたんだが」

「承(うけたまわ)っております。キーをお渡しいたしますので、こちらへどうぞ」

やはりここでも通常のフロントではなく、別の場所へ案内される。

「急にすまないね」

「いえ、お気になさらず。今夜は神谷様がお越しになるのを、部屋がお待ちしていたのでしょう。本日だけ空いておりましたので」

「偶然に感謝しないといけないな。ああ、今夜はここでいい」

「かしこまりました。フロアにてコンシェルジュがお待ちしております。何なりとお申しつけください。それでは行ってらっしゃいませ」

にこやかに対応をしたフロントスタッフは、専用エレベーターの前まで私たちを送り、貴志と私へうやうやしくお辞儀をした。

エレベーターは最上階フロアでしか降りられないようになっている。エレベーターを降りるとコンシェルジュがふたりいて、部屋の前まで案内された。

大きな扉が開き、多分このホテルの中で一番特別だと思われるスイートルームが現れた。ほどよく効いた空調と、何とも言えないよい香りが私たちを出迎える。何も考えずに無邪気に喜べたら、これほど幸せな場所はないだろうに。

「貴志」

リビングルームの入口で私は足を止めた。

「どうしてこっちへこないの、寧々」

窓際に立った彼が振り向き、私を訝しげに見つめた。離れたところから彼の目をしっかりと見つめ返す。

この感情を。洪水のように溢れるあなたへの思いを、先に伝えさせて。

「私、あなたが好きです。本気で貴志のことが、好きなの」

貴志の瞳が揺らいだのがわかる。私は震える両手を胸の前で強く握った。

「ニセモノじゃなくて、あなたの本物の恋人になりたい。貴志の恋人になって、昔あなたと約束したコンサートホールへ一緒に行きたい。それが今の私の、本当の気持ちです」

「寧々」

「最後まで言わせてほしいの。お願いだから聞いて」

こちらへ一歩踏み出した彼を制止する。一気に言わなければくじけてしまいそうだから。

「私の初恋の人は、あなたでした。貴志と再会して、変わらないあなたとすごすうちにその思いが甦った。そして前よりもっと、あなたのことを好きになっていた。あなたと会うたびにその気持ちは増していって、もう我慢ができなくなったの」

これが本当ならと、あらぬ夢を期待してしまうほどに。

「私の役目はあなたのお見合いの邪魔をすること。それはわかっています。今後、今夜のパーティーのようなことや、お見合いをする予定があって、そのうえで私が必要ならまた邪魔をしにいきます。だから、あなたの口からはっきり本当の気持ちを聞いて、あなたのことをちゃんと……諦めたいの」

ごくんと喉を鳴らして、一番聞きたいことを吐き出す。

「今、貴志は私のことを、どう思ってる？」

貴志に会ったら、まず真実を確かめようと思っていた。

でも彼の顔を見た途端、そんなことはどうでもよくなってしまった。ただ、自分の本当の気持ちを率直に伝えたい。彼の今の気持ちを知りたくなった。

貴志は一歩足を踏み出し、また一歩、私に近づいた。

わかりきっている答えを聞くことが急に怖くなる。俯くと、彼が買ってくれたワンピースの裾と靴が目に入った。貴志はどんな気持ちでこれらを私に買い与えたのだろう。

「寧々」

「身分違いだし、おこがましいことを言っているのは自覚してる。この気持ちが貴志の迷惑になるのなら、今すぐにでも消えるから」

絨毯を踏む足音がすぐそこまで迫っている。じりじりと後ずさりした私の背中にリビングのドアがあたった。もう、あとがない。

「はっきり言ってほしいの」

「寧々、こっちを向いて」

「私、フラれるのは承知で――」

「寧々ってば」

私の顎に貴志の指が触れた。その指で上を向かされる。

「僕が君のことをどう思っているか、だって？」

そばにある瞳に私が映っていた。

「こんなにも君のことばかりを思っている僕の気持ちに、少しも気づかなかったの？」

「……気づかない？」

「僕はとっくに……いや、最初から僕は君の本物の恋人のつもりだったよ、寧々」

目を細めた彼が、私をそっと抱きしめる。

「ああ、寧々に先に言わせてしまった。嬉しいが、悔しいな。僕が先に言いたかったのに……！」

瞬時には理解できなかった。貴志は最初から私を、本物の恋人のつもりで……？

「ずっと嘘を吐いていてごめん。最初から僕に見合いの予定はなかったんだ。豊原さんが君に何を言ったのか知らないが、もちろん彼女は僕の婚約者でも何でもない。僕が欲しいのはずっと、君だけなんだよ」

何が何だかわけがわからず、彼の声を聞き続けるしかなかった。

「君を愛している。僕は君を好きなんだ、寧々。十年以上も前から君のことが大好きなんだよ」

「……貴志」

「君が好きだ、大好きだ。大好きなんだ！」

今度は強く、強く私を抱きしめて、叫ぶように言った。

「う、そ……」

「嘘じゃない」

「本当に……？　本当、なの？」

貴志が私を好き？　愛して、いる？

彼の腕の中で崩れ落ちそうになりながら、何度も聞いてしまう。恐る恐る彼の背中に両手を回して、スーツのジャケット越しの体温を確かめた。

「本当だよ、寧々。信じて」

「信じたい。でも、どういうことなのか、よくわからないの」

疑問がたくさんあってまだ混乱している。

「そうだね。長くなるけど、僕の話を聞いてほしい。いいかな」

「……うん」

広々としたリビングルームのソファに並んで座った。大きな窓ガラスの向こうに夜景が見える。ビル群は少し離れたところにあるため、落ち着いた景色だ。

「寧々と再会する前のことを正直に話すよ。僕が最初に君を見つけたのは……五月のゴールデンウィークだ」

「え？　私がスマホを落としたのは確か……七月だよ？」

「ああ、そうだ。そのときには既に寧々を受け入れる準備はできていた。マンションの部屋も職場も、君がくることも」

「職場も？　あ……！」

あの音楽教室は急ピッチで仕上げた店で、貴志が乗り気だったと島田さんたちから聞いた。

「楽器店と音楽教室は、君を見つけた僕が急いで作らせたものだ。スタッフは急きょ別のところから引っ張った。君を二度と逃がさないために、その店に君を社員になるべく誘導し、僕のもとに置いておきたかった。全て、それだけのために行ったことだ。こんな執着の仕方、寧々には怖いだけだよな。気持ち悪いだろ？　だから言えなかったんだ。……ごめん」

私をそばに置くためだけにそこまでしていたなんて、にわかには信じられない。でも彼の声色は真剣そのものだ。茶化したりせずに、私も覚悟を決めて彼の話を受け止めたい。

「それが全部本当のことなら正直驚いたけど……でも、ちゃんと教えてほしいから大丈夫。続けて、貴志」

ありがとう、と頷いた貴志は、静かに話し始めた。

「今年のゴールデンウィーク、オーケストラのコンサート会場に、君が勤めていた音楽雑貨店が出店しただろう。覚えてる？」

「っ！」

勤め始めていきなりの大仕事だった。都内の音楽ホールのホワイエに雑貨店がワゴン出店したんだ。私は何が何だかわからず、他の従業員からたびたび注意をされていた。

「僕は仕事でホワイエにいた。『伊吹さん』と何度も呼ばれるのが聞こえて、そちらに目を向けたら君がいた。君と離れて十年以上が経過している。見間違いだと思っても、期待を拭いきれない。慌ただしく働く君にさりげなく近寄り、顔を見て声を聞いた僕は、寧々だと確信した。その場にいた雑貨店の社長に話しかけて名刺を交換した。その後、雑貨店経由でようやく君の名前も住所も……全て掴んだ」

「どうして、そんなこと」

「どうして？　僕が君を探し出すのに何年を費やしたと思うんだ、寧々」

語尾を震わせた貴志は私から顔を逸らした。

「中三の夏休みに入って間もなくのことだ。僕は君のご両親の葬儀にクラスの友人らと参列した。親族席にいた君は泣きわめくでもなく、ただ静かに空を見つめているだけだった。そんな君に何もしてあげられない自分が情けなかった。未だにそのときの君の表情が目に焼きついて、どうしても僕の中から離れない。未だにだ……！」

立ち上がった貴志が窓辺に行く。彼の悲痛な声が私の胸を締めつけた。私に背を向けたまま、貴志は話を続ける。

「夏休み明けの教室で、寧々が転校したと担任に告げられた。転校先を聞いたが、君が教えることを拒(こば)んでいると言われ、それきりになってしまった」

　当時の私は悲しみのあまり、誰にも会えずにいた。連絡すら取りたくなかったことを思い出す。

「君を探したかったが拒(こば)んでいるのでは仕方がない。大学入学後、僕は父の仕事を知るために週の半分を会社ですごした。いつも心に引っかかっていた君のことを忘れるためにも、勉強と仕事に打ち込むのは苦ではなかった。前にも話したが、恋人ができたのもその頃だ。付き合って別れて……三人目の子と付き合おうとしたとき、ようやく気づいたんだ。初恋の子を忘れられない自分がダメなんだと」

　こちらを振り向いた貴志が苦笑した。プールで話してくれた、初恋の子が忘れられないという話は本当だったの？

「僕は君を探そうと決心した。このままでは僕はどこにも進めない。君と交わした約束を果たし、君への思いを打ち明けて終わりにしようと思った。それが大学を卒業して、会社に入った年だ。まず、当時の担任の所在を突き止めるのに時間を要した。僕の仕事も忙しくなり、なかなか時間が取れない。やっと見つけた先生は君の転校先は覚えていなかったが、秋田に引っ越していたことを教えてくれた」

「先生が……」

「その後の君の足取りも、時間をかけて大体は把握(はあく)できた。だが……上京したあとの君の居場所は、わからなかったんだ。探し続けて五年が経っている。今さら見つけても君はとっくに結婚しているだろう。それでもいい。気持ちだけは伝えるんだと意地になっていた」

——ずっと、どこにいたんだ……？

再会した日。オーケストラの帰り道で貴志が言った言葉。あれは彼の心の叫びだったんだ。五年という月日はどんなに長かったことだろう。私を探してくれた彼の気持ちが胸に痛くて痛くて、押し潰されそうになる。

「自分でも呆れるくらいの執着っぷりだよ。寧々に引かれてもしょうがないと思う」

「そんなことない。貴志にそこまで思い詰めさせるようなことを私がしていたんだもの。私が貴志の立場だったら同じようなことをしたかもしれない。……私が転校してからのこと、聞いてくれる？」

「ああ」

貴志が私の隣に再び座る。

「秋田、熊本、千葉と一年ずつお世話になったの。私の両親が亡くなってすぐ、親戚の間でそういう取り決めをしたみたい。高卒で寮のあるところへ就職して、二十歳のときに東京へ出てきた。千葉の家に引っ越しをする連絡はしたけど、詳しい住所は何も聞かれなかったの。だから……それっきり」

「……つらかったね」

「ううん。友だちはそれなりにいたし、こっちにきてからは自由を満喫してたし、大丈夫」

貴志は私の頬を優しく撫でた。

「音楽ホールのホワイエで君を見つけたとき、神様は本当にいるんだと思ったよ。寧々が結婚していないことを知った僕は、君への思いを断ち切るための再会ではなく、君への思いを遂げる再会へと予定を変更したんだ」

前屈みに座り直した彼は、そのときの決意を表すかのように両手を合わせて強く組んだ。

「君が勤める音楽雑貨店を僕の傘下に引き入れ、君を引き抜く。そして新しい職場へ通いやすいように、僕と同じマンションへ移り住むよう仕掛けるつもりだった。君に近づく準備を終えた頃、雑貨店が経営破綻したと聞いた。社長と連絡が取れない。雑貨店を訪れたが誰もいない。慌てた僕は直接君のアパートに向かい、急いでいたあまり、君にぶつかった」

「あの辺にいたのは仕事じゃなかったのね」

「ああ。君には悪いが、スマホが壊れたのは僕にとって予期せぬ幸運だった。君が携帯会社で手続きをしている間に音楽ホールのチケットを手配した。一緒に行く相手は、最初からいなかったんだ」

「私と一緒に行くためにチケットを取ったの!?」

そうだよ、と貴志の横顔が微笑む。自然な流れだったから微塵もそんなふうには見えなかった。

「君は変わらず音楽が好きそうで、逆境にもへこたれず元気で、優しくて、おいしそうに食事をして……たった数時間であの頃に戻った気持ちだった。いい年して、寧々の笑顔や驚いた顔、戸惑った表情、全てに終始ときめいていたよ。大人の女性に美しく成長していた君に」

私も同じことを思っていた。貴志がとても素敵で、彼が神谷くんだと知って、もっとときめいていた。

「ただ、君は頑固なところまで変わっていなかった。そこで僕は、いきなり恋人になってほしいと口説くことはやめ、咄嗟に恋人のフリをしてほしいと言った。それなら交換条件としてすぐに僕と同じマンションへ移動することや、職を失った君に職場を紹介することが不自然ではないと思ったんだ。フリなら警戒されずに済むし、その間に僕を好きになってもらえる時間が稼げる」

「……」

「これが寧々に再会するまでの話だ。これ以外に何も隠していることはないよ。君のことをあれこれ調べて、しつこく探し続けた僕を不快に思うのは当然だ。それは本当に申し訳ないと思っている。……嫌われても仕方がないだろう。覚悟はしている」

彼は前屈みのまま、うなだれた。私が貴志を嫌う？　そんなことがあると本気で思っているのだろうか。

「私を、探すためだったんでしょう？」

「ああ」

「自分の気持ちを伝えるために、何年も探してくれた」

「……うん」

「そこまで私のことを思ってくれたのは、私の両親以外にはあなただけだと思う。ありがとう、貴志。本当に……ありがとう」

ひとりぼっちになってしまった両親の葬儀の日。茫然自失の私を、途方に暮れて涙を流すことすらできなかった私を、ずっと心に留めておいてくれた。帰り道でのあの約束を私以上に大切にして、守ろうとしてくれた。そんな人を嫌いになどなれるわけがない。

彼の深い思いが私の胸を強く打ち、伝えようとする言葉を涙で詰まらせる。

「嫌ってなんか、ないよ。だから顔を上げて」

私の呼びかけに、貴志がゆっくりとこちらを向いた。いつもの自信たっぷりな彼はどこに行ってしまったのだろう。そう感じるくらいの思い詰めた表情だった。

「貴志が諦めないでいてくれてよかった。見つけ出してくれたことに感謝してる。あなたに再会できて嬉しいって、心からそう思うの……！」

「寧々」

私に手を伸ばし、抱きしめた貴志の手が震えている。

罪なことをした。

彼の長い時間を奪ってしまったと申し訳なく思う。帰る部屋のない私にホテルのスイートを与えた貴志が、勝手に出ていかないようにと念を押していたのが思い浮かぶ。

長年の思いを込めて放たれた言葉の意味に、何も気づいてあげられなかった。

ごめんなさい、貴志。私があなたをずっと、孤独にさせていたんだよね。こらえていた涙が溢れ出す。彼の背中に手を回してゆっくりとさすった。もうそんな思いはさせないと、誓いを込めて。

「僕の本物の恋人になってくれるんだね？」

「私でいいの？」

「君以外は考えられない」

「私も貴志の恋人になりたい……！」

彼の思いを知り、それを受け止めた私の恋心はさらに膨れ上がっている。零れ落ちる涙をそのままに、貴志の背中に回した手に力を込めると、彼もまた私を強く抱きしめた。

「ありがとう。ずっと僕のそばにいてくれ。お願いだから、もうどこにも行かないで」

「そばにいる。貴志のそばに、ずっと」

伝え終わると同時に強く唇を塞がれた。何度もキスをして、その合間にたくさんの愛の言葉を注がれる。私の心が嬉しさと喜びの色に染まっていく。

お互いの気持ちを確かめるように、しばらく黙って抱き合っていた。とても静かな夜だ。

「来週の日曜日、予定は空けてある？」

体を離した貴志が、私の手を握って問いかける。

「私、その日は貴志がお見合いをする日だと思っていたの」

「違うよ。僕は来週、君を約束のコンサートホールへ連れていく」

「えっ！」

「明日と来週の日曜日に、海外から招いたオーケストラの演奏があるんだよ。チケットは取ってある。君を驚かせようと思って場所は言わなかったんだ」

「私、旅先でそのコンサートがあるのを知って、貴志と一緒に行きたいと思ったの。それをあなたに伝えたくて、吉川さんに連絡を入れてあなたの居場所を教えてもらったの」

「そうだったのか。じゃあ改めて。僕と一緒に行ってくれる？」

「うん、連れていって。一緒に行きたい」

彼はホッとしたように笑った。

「そのコンサートホールで君に僕の気持ちを告白するつもりだったんだ。だから先を越されて本当に悔しいよ」

別れのときだと思い込んでいた日が、私との約束を叶えようとした日だったなんて。

こんなどんでん返しは嬉しすぎる。

「あの、聞いてもいい？」

「もちろんだよ。どうした？」

「貴志、私のことを聞くために豊原さんのところに行ったの？」

一瞬苦い顔をした彼が頷く。

「寧々が部屋のカードキーを送りつけてきたと、吉川が僕に連絡をくれた。同時に音楽教室の店長からも寧々の退職届の件で電話をもらってね。店に出向いて店長に事情を聞いたが、よくわからないと言われたんだ。変わったことといえば豊原さんが店にきて、寧々に音楽雑貨のことを訊ねただけで他には何もない、と。だが、他の皆が教えてくれたんだよ。豊原さんに呼ばれた寧々が真っ青になって帰ってきた、様子がおかしかったと」

「佐々木さんたちが……」

「早速豊原さんを呼び出したがシラを切られた。とにかく君を探すしかない。河口湖までの足取りは何とか掴んだが、そのあとがね。生きた心地がしなかったよ。電話には出てくれないし」

「ごめんなさい」

「いや、いいんだ。それよりも豊原さんに何を言われたのか、教えてくれないか」

「あまり思い出したくないの」

「寧々が傷つけられるのは許せないんだよ」

低い声が、さっきのパーティーでの彼を思い出させる。

「そ、そんな怖い顔しないで。会場で豊原さんが言ったのと同じようなものだよ。貴志は自分の婚約者だから邪魔をしないでほしい、両親のいないあなたは貴志と釣り合わないって。周りで私の両親が他界したことを知っているのは貴志だけだから、豊原さんにそう言われて驚いたの。貴志が豊原さんに教えたと思い込んで、貴志のことを信じられなくなってしまって……」

これ以上のことは言わなくていい。彼女は皆の前で貴志から制裁を受けている。それで十分だから。

「彼女とは個人的に連絡を取るような関係ではなかった。だからまさか寧々のことまで調べて会いにいくとは思わなかったんだ。油断していた僕がいけないな。ごめん」

貴志は私の肩をぎゅっと抱きしめた。

「パーティーのときの寧々は素晴らしくカッコよかった。僕が言った通りにしてくれるとは思ってもみなかったよ」

「本当はすごく怖かった。でも、貴志が困っているのなら、自分の役目を果たさなければと思ったの。そのあとで、あなたに告白しようと決めていたから」

「寧々」

「あ」

彼の胸に抱き寄せられる。

「公園で寧々を抱きしめたときにさ」

「……うん」

「僕がずっと君のそばにいるからって、言おうとしたんだ。でも、あのとき寧々はお父さんとお母さんのことでいっぱいだったはずだ。そこでそういうことを言うのは、どこかつけこんでいる気がして口をつぐんだ」

「貴志」

「ずっと君のそばにいたい。今も昔も変わらず、そう思っている」

私の顔を、貴志が上に向かせた。彼の瞳が優しく語りかけている。

「寧々、好きだよ」

「私も、貴志が好き」

自然に唇が重なった。

貴志がくれた宝物のような言葉を繰り返し思い浮かべながら、彼の感触を確かめる。

ずっと私を探してくれていたなんて信じられない。そしてこれからもずっと私のそばにいてくれるだなんて。こんなにも幸せでいいのだろうか。瞼を上げたら夢だった、なんて落ちはないよね？

「ん……っ」

キスが深くなる手前で唇が離れ、ぐいと立ち上がらされた。

「もう我慢できない。行くよ、寧々」

我慢できないって、まさかこのままベッドに行くということ？

「ちょ、ちょっと待って、貴志」

「待てないって言ってるんだ」

「あっ」

ふわりと体が浮き、あっという間にお姫様抱っこをされていた。ずんずんと歩き出した貴志はリビングの隣室へ行き、少し迷いながらもう一つの部屋を抜けて、奥のベッドルームに入る。

私たちの前にキングサイズのベッドが現れた。スイートルームの角に位置するこの場所は二面が大きなガラスで、ダイヤモンドをちりばめたような東京の夜景が窓いっぱいに広がっている。

「ね、貴志。私あの、シャワー浴びて、きゃっ」

私をベッドへ横たえた貴志は、そのまま私へ馬乗りになった。

「僕がどれだけ我慢したと思っているんだ。一緒にプールへ入ったときなんか地獄だったのに、寧々はちっともわかってくれないんだから」

「だってあれは、貴志が誘っ、んうっ」

彼はスーツのジャケットを脱ぎながら私に深く唇を重ねた。ベッドの下に脱ぎ捨てたのだろう、ばさりという音が届く。貴志の両手が、がっちりと私の両頰を押さえた。

「ん……んん、ふ」

心も体も全て持っていかれそうなくらいの激しいキスに翻弄される。激しさから徐々に甘さへと変わった頃、貴志の片手が私の体をまさぐり始めた。まだ唇は離してくれない。ワンピースの裾がまくられ、太腿に彼の指が到達した。

「ふ、っあ、ダメ、シャワー浴びさせ、てっ」

無理やり唇を離して訴える。

「家で浴びてきたんだろ。なら十分だよ。僕もパーティーの前に家で浴びただけだよ」

「貴志はいいの。私は恥ずかしいとこ見せたくな、い」

「寧々の匂いが欲しいんだ。全部見せてよ。このまま抱かせて」

息を荒らげた彼の声が懇願していた。耳元でそんなこと言わないでと抵抗したいのに、再び唇を支配される。

「あ、んう、んん」

口内で暴れる貴志の舌が、私を頭の芯までクラクラさせた。プールで触られたときよりもずっと彼が興奮しているのが伝わる。キスから漏れる貴志の低い声が、私の気持ちを昂らせる。

薄目を開け、間近で彼の表情を窺った。私の唇を貪りながら、眉根を寄せて苦しそうに目を瞑る彼がたまらなく愛しい。私の思いも唇に乗せて懸命に応える。しばらくそうして舐め合ったあと、軽いキスを数回され、貴志が顔を上げた。

「寧々、ごめん。ちょっと待ってて」

「うん？」

「すぐ戻るからね」

ちゅっと額にキスをされる。どうしたんだろう。もしかして……避妊具かな？　ころりと横を向いて外を見つめる。高層ビルはたくさんあるけれど、ここからは結構距離があるのね。

「お待たせ」

「ううん。……ありがと」

多分ゴムが入っているだろう小さなケースを、貴志がヘッドボードに置いた。

「持ち歩いているからって、普段から誰かとそういうことをしてるわけじゃないからね？」

黙っている私に彼が説明をする。もちろんそんなふうには思わない。

「うん、わかってる。マナーだもん」

「マナーというか……」

こほん、と貴志は咳ばらいをして、緩めたネクタイをはずし始めた。

「僕は君とこうなる機会を、虎視眈々と狙っていたんだ。いつどうなってもいいように、寧々と再会してから持ち歩くようになった」

「こ、虎視眈々と？」

「マンションの部屋に戻れば、いろいろ取り揃えてあるよ。これから一緒に試そうね」

私の上に乗った貴志が、にっこり笑う。何をいろいろ試すんだろう……

「今『いろいろ』を想像したんじゃない？」

「べ、別にそんなこと」

クスッと笑った貴志は、私の頬にキスをして優しく囁いた。

「寧々、後ろ向いて」

「……うん」

彼の手によって背中のファスナーを下げられたワンピースが、私の肩からするりと逃げていく。

仄かな間接照明に照らされた私たちが、ガラス窓に映っていた。後ろから貴志に抱きしめられている自分の姿がある。長いときを経てこうして一緒にいることが奇跡に思えた。

「寧々？　泣いてるの？」

「……」

貴志が私の顔を心配そうに覗き込む。

「そんなにシャワー浴びたかった？」

「違うってば」

思わず笑ってしまった。

この涙の意味をあなたにも知ってほしい。私の涙を温かい指先で拭ってくれるあなたに。

「嬉しいの、幸せすぎて。変かな」

目を見ひらいた貴志は、次の瞬間泣きそうな笑みを浮かべて首を横に振った。

「……変じゃない」

「うん」

「僕も幸せだ。多分、君以上に幸せだ」

私の腰でとどまっていたワンピースを全て脱がせた貴志は、それをベッドの下に落とした。

「あ、ワンピース皺になっちゃう」

「大丈夫だよ」

「でも、せっかく貴志に買ってもらったものだから」

「いいんだよ。他にいくらでも好きなだけ買ってあげる。だから僕のことだけ考えてて、寧々」

「あ、貴志……」

下着とストッキングだけになった私の首筋に彼の唇が押しあてられた。優しく丁寧に、鎖骨までキスしてはまた首筋に戻っていく。柔らかな湿りけのある感触にぞくぞくさせられる。それは何度も繰り返された。

「んっ、あ、あ」

体をよじっても動けない。さらりとした彼の黒い髪の香りが私の鼻腔をくすぐった。

「寧々、寧々」

私の名を呼ぶ彼の吐息が肌にかかるたび、体がびくんと揺れる。多分私もう……すごく濡れちゃってる。

体を起こした貴志がシャツを脱いで上半身裸になった。プールで既に見ていた彼の裸。ベッドの上で見るのはまた違って恥ずかしくなり、目を逸らしてしまった。

「寧々も、見せて」

ブラのホックをはずされた。訪れた解放感が私をますます敏感にさせる。

「あ……っ」

「綺麗だよ、寧々」

「あ、んっ」

ブラをはぎ取られて私も上半身が露わになる。咄嗟に胸を隠すけれど、貴志は舐めるように私の体を見つめていた。

「寧々って、スタイルいいよね」

「そんなことないよ。あんまり……見ないで」

「見せてよ。ずっと見たかったんだ」

胸の前を覆った両手を掴まれた。

「んっ」

「隠さないで。昔からずっと、僕は寧々の裸を想像してたんだから」

「む、昔から？」

「そうだよ。大好きな女の子のことをあれこれ想像して興奮してた」

中学生の彼と目の前にいる貴志が重なる。

当時は、彼とふたりになると何だか照れくさくて、会話が途切れることがよくあった。彼も彼で黙り込んだり、ときにそっけなかった。そんな貴志が私のことを想像しているなど微塵も感じたことはない。恥ずかしさと驚きで戸惑いながら、もしかしたら私も同じだったのではないかと気づく。

貴志に告白をして彼女になりたかった、あの頃。いつでも彼の隣にいて、笑って、そのうちふたりでデートをして、手を繋いで、別れ際にキスをされたらどうしようと想像していた。きっとそれと同じことだ。

中学生の男子と女子では、好きになった相手に見る夢が違うのだろうけれど、根本は一緒。そう考えると、その頃の彼がさらに愛しく思える。

「プールの授業があるときは、寧々のことを考えて前日から眠れなかったからね。だから今、夢のようだよ」

「……えっち」

「男は皆そうなの。それが正常なの」

「あ、んっ！」

貴志の手のひらで胸に触れられ、思わず大きな声を出してしまった。

「そんなに感じるの？」

「うん……恥ずかしい」

「可愛い、寧々。もっと僕を感じて」

先端の膨らみを指でいじられる。そこから電気が走ったように感じて体がよじれた。

「やっ、ぁ」

もう片方の先端は彼が口に含んでしまった。吸いつかれたり舌で転がされる。指でいじられるよりもずっと気持ちがいい。

「貴志、貴志……」

「これ、いい？」

「うん、好き……いっぱい、して、あんっ」

貴志の大きな手のひらで両方の胸を寄せられ、硬く尖り始めた先端を交互に舐められた。私がしてと言ったからか、執拗に舐めては吸って、転がしてを繰り返す。赤い膨らみが感じると同時に下腹もじんじんと疼き始めた。早くそこに触ってほしくなる。彼の頭を両手で抱きかかえた。

「あ、あぁ」

「寧々、寧々」

しばらく吸いついていた先端から唇を離した貴志は、私の胸を揉みながらあちこちにキスをした。ぴったりと触れ合う肌が互いの熱を上昇させていく。彼の体温が気持ちいい。貴志も同じことを思ってくれているのかな……

私の上半身を這いまわっていた彼の指が徐々に下り、ストッキングへと到達した。

「あ……」

腰の位置からするりするりと、薄い布がゆっくり脱がされていく。全て脱がされたそれは、貴志の手に鷲掴みにされた。あろうことか、彼は脱ぎたてのストッキングへ顔を埋めている。

「ちょっ、な、何してるの……!?」

「寧々の匂い」

すーっと息を吸い込みながら、にやりと笑って呟いた。羞恥に、かっと顔が火照る。

「ダメ！　やめて、馬鹿馬鹿！」

ストッキングを取り戻そうと起き上がろうとした私は、のしかかってくる彼に押し倒されて再びベッドに仰向けになる。ストッキングもベッドの下に落とされた。

「いい匂いだったよ？」

「……ヘンタイ」

「寧々がいけないんだ。その瞳で僕の心を盗んだんだから」

私の頬を撫でて甘い声を出す。不覚にも胸がきゅんとしてしまった。その行動と言葉のギャップは何なの……！

「キザなことばっかり言うんだから」

「そう？」

「自覚ないの？　そんなこと言われたら、どんな女も落ちちゃうのに」

誰だって貴志のような人に囁かれれば、たちまち彼の虜になってしまうはず。

「こういうことは寧々にしか言わないし、寧々を見たときにしか思い浮かばないよ」

「……本当？」

「本当だよ」

「んっ」

唇をぺろりと舐められる。貴志はキスをするとき、私の唇を舐めたり、自分の唇で私のそれを挟むのが好きだった。何度も長い時間そうされていると、まるで自分が極上のお菓子にでもなったような錯覚を覚える。甘いおいしさを味わってくれることが……嬉しい。

かちゃりとベルトをはずす音が響いた。スーツのパンツを脱ぐ衣擦れの音も。ということはいよいよ……

「貴志」

「ん？」

「私の、どこをそんなに好きになってくれたの？　中学生の頃」

こんなときに質問するのもなんだけど、でも、今だからこそ聞いてみたかった。体を繋げるその前に。

「それ、どうしても今聞きたい？」

「ごめんね。どうしても今聞きたいの」

わかった、と貴志が苦笑する。私の隣に寝ころんだ貴志はシーツを引っ張り上げ、ふたりの上にかけた。私のために我慢してくれることに喜びを感じながら、彼の腕の中へ身を任せる。

「部活でパートが一緒になったとき、そこでひと目ぼれ」

「えっ」

「寧々の見た目がものすごい好みだった。それに加えて、寧々って声が少し低くてさ、何とも言えない色っぽさがあるんだよ。それは他の男も言ってたな」

声が色っぽいだなんて初めて言われた。私は自分の低い声をコンプレックスに感じていたくらいだ。そして、私にひと目ぼれしたという言葉にも驚く。

「もちろん見た目や声だけで好きになったわけじゃないよ。先輩や顧問の先生にしごかれても意外と根性あるし、一度やると決めたことは絶対にやり通すのがいいと思った。頑固なところもあるけど、それすら僕の目には魅力的に映っていた。そして……寧々は優しかった」

「優しい？」

「コンクール後に僕が自分の失敗でへこんでたとき、寧々が一緒に帰ろうと言ったんだ。ふたりで遠回りして、学校から離れた店に寄って僕にアイスをおごってくれた。コンクールの話は一切しないでいてくれた。ただ黙って一緒にアイスを食べたんだ」

そういえば、と必死に記憶を手繰(たぐ)り寄せる。

「本当にいい子だなと思ったよ。それでますます好きになっていた。……覚えてる？」

「今……思い出した。そんなこと覚えていてくれたんだ」

彼を励(はげ)まそうとしたことが、あとからおせっかいだったように思えて、恥ずかしくなり、忘れようとしていた。

「『そんなこと』じゃないよ。僕にとっては寧々の無言の励(はげ)ましが、何より僕を勇気づけてくれたんだ」

「……ありがとう、教えてくれて」

やはり聞いてよかった。私が忘れていた思い出を、彼が大切にしてくれていた。その事実に私の幸せがまた、積もっていく。

「寧々は？　僕のことを、どうして好きになってくれたの？」

貴志の指が私の髪を撫(な)でた。とても愛おしそうに、ゆったりと。

「私は……最初はとっつきにくい男の子だと思ってたの」

「そうなんだ。当時はあまり愛想がないほうだったからな」

「でもね、よく接するようになってからは、いつも冷静で落ち着いていて、話してみると優しくて、笑顔が素敵な人だなって意識するようになったの。トランペットが上手で努力家で真面目なところもいいなぁって」

「ずいぶん褒めてくれるんだな」

「だって全部本当のことだもの」

あの頃の恋心が甦る。妙に恥ずかしくて、そわそわして、いつも貴志のことを目で追っていた。

「貴志のそばにいるとドキドキして、これが初恋だと知ったの。意識し始めた頃は、うまく話せなかったかもしれない。ごめんね」

「いや、そんなことはなかったよ」

「両親が亡くなって引っ越しをして、半年ほどが経つと、少しだけ自分を取り戻せるようになった。そのとき、一番にあなたに会いたくなったの。東京からあまりに遠すぎて、あなたに会うことが叶わないのはわかっていても、部活の写真を見て、トランペットを触って……貴志のことばかり思い出していた」

手を差し出して、私も彼の髪に愛しさを込めて触れる。

「私も……別の人と付き合ってもうまくいかなかったの。いつも貴志の面影が心のどこかにあった。こんな自分が変なのかと思って、誰とも付き合うのはやめようと決めたの。それがもう、五年以上前の話」

「僕と同じだったということ？」

「うん。貴志に再会した朝にね、貴志の夢を見たの。一緒にコンサートホールへ行こうと約束した日のこと。いつまでこんな夢を見ているんだろうって、馬鹿な自分に笑っちゃった」

「……そうだったのか」

額(ひたい)を寄せてくる彼の瞳を見つめた。

「初恋をこじらせてたんだと思う。こういうのを初恋コンプレックスっていうのかなって」

「それなら僕も同じだ。ずっと初恋を引きずっていた男だからね」

「私も貴志を探せばよかった。そんなこと、思いつきもしなかったの」

彼の髪に触れていた手を取られた。指を絡(から)ませ、強弱をつけて握(にぎ)っている。

「だからね、今とても幸せなの。一番好きな人とこうしていられるのが信じられないくらいに、幸せ」

「僕も幸せだよ。寧々の気持ちも知ることができてよかった。あと他に聞きたいことはある?」

「ううん、もう大丈夫」

「まだあるって言われても、そろそろ我慢できないけどね」

「あっ」

貴志が私の上にのしかかった。シーツの中で体が絡み合う。

いたわるように重ねるキスは、やがて互いの全てを知り尽くしたがるかのように、徐々に激しさを増していく。頬へ、首筋へ、鎖骨へと唇が移動する。彼の手がショーツの中に入ってきた。

「寧々、たくさん濡れてるよ、ほら」

「んっ」

貴志は指の腹で私の入口をゆっくり丸く撫でている。彼の首に手を回してしがみついた。

「あ、あ……っ」

「いい?」

「んっ、うん、いい……あっ!」

頷いたと同時にショーツを剥がされてしまった。彼よりも先に一糸纏わぬ状態にされて、さらに体が熱くなる。濡れる狭間に長い指が抜き差しされ、瞬く間に彼を欲しがる蜜が溢れていく。こんなこと本当に久しぶりで、すごく恥ずかしい。貴志の手もぎこちない気がする。彼も私と同じように久しぶりだから……?　それに気づいた途端、彼の指の動きに敏感になってしまい、快感を煽られた。くちゅくちゅという水音が静かな部屋中に響く。

「……んっ、あ、あっ」

「ここ、大きくなってる」

「ひゃっ、んぁっ！」

包まれていた丸い芽を、そっと剥かれた。強い快感が四肢の先まで駆け抜ける。貴志の指は剥き出しの粒に私の蜜を塗りつけ、くりくりといじり続けた。彼の手慣れた指の動きに、奥の疼きが強くなっていく。足ががくがくと震えてきた。どうしよう……このまま続けられたら、達してしまいそうだ。

「気持ちいいの？　真っ赤に膨らんできたよ、寧々」

「んっ、言わない、で、あ、んふっ」

吐息を漏らして喘ぐ私を見つめた彼は口の端を上げ、そして耳元で囁いた。

「好きなときにイッていいからね」

「んっ、私だけ、いや……ぁ」

「恥ずかしがることはないよ、ほら」

「あ、うっ」

ぐいとナカに指を挿れられ、腰がびくんと跳ね上がる。挿れた指をお腹のほうへ折り曲げた貴志は、内側を優しくこすり上げた。

「僕に全部、預けて」

「あ、ああ、あ……、っもう」

「好きだよ、寧々。大好きだ」

ぴんと硬くなった乳首に再び貴志が吸い付いた。彼の指に掻き混ぜられているナカと連動し、急激に昇り詰めていく。私、貴志の、指で——

「あ、イッちゃう、うう……っ！」

びくびくと腰を浮かして達してしまった。まだ挿入っている彼の指を、入口がぎゅうぎゅうと締めつけているのがわかる。顔も体も下腹も全部が、熱い。

「ん……ん……」

全身を覆う気怠い満足感に浸って、何度も息を大きく吐く。気持ちがよすぎて、変になりそう……

「寧々、可愛いよ」

私に頬ずりをした貴志が満足げに微笑んだ。

「み、見ないで……恥ずかしい」

「寧々が感じてくれて嬉しいんだ」

「……嬉しい、の？」

「そうだよ。ほら、嬉しくてこんなに興奮してる。触って」

「っ！」

貴志はボクサーパンツを脱ぎ、自分のモノに私の手を導(みちび)いた。触れたそれに違和感を覚えた私は、顔を上げてちらりとそこを見てしまう。朦朧(もうろう)としていた意識が瞬時にはっきりした。

お、大きくない？　これが普通だっけ？　久しぶりだからそう見えたのかな。いや、どうだろう。かといってあまりじろじろ見て、もう一度大きさを確認するのもアレだし。

「えっと」

「ん？」

「や、優しくしてね」

処女でもないのにこのセリフはどうなの。

「当然だよ。どうしたの？」

こんなのでガンガン奥を突かれてしまったら私……どうなっちゃうのかな。それよりもまず、すんなり挿入(はい)るのか心配になる。痛かったらどうしよう。

「貴志……いっぱいキスして」

彼の首に手を回して、耳元でお願いした。貴志にキスをされるとたくさん濡(ぬ)れるから、それできっと大丈夫……だよね。

「嬉しいね、そう言ってくれるのは」

「んっ、ふ」

長い長いキスで再びぐっしょりと濡れる私を確認した貴志は、ヘッドボードへ手を伸ばし、準備を始めた。

「寧々、挿れるよ」

「うん、ゆっくり……お願い」

「無理はさせないから」

　硬いモノが押しあてられた。ゼリーがついてるタイプのゴムらしく、彼の先端が私のそこへぬるぬるとこすりつけられる。これ、すごく、いい……

「あっ、いい……んんっ」

　貴志は腰をくねらせる私の片方の膝裏を持ち、さらに脚をひらかせた。

私の狭間を探っていた彼のモノがぐっと挿入ってくる。背中が硬直するほどの緊張感が走った。

「い、いた……っ！」

「ごめん、痛い……？」

「んっ、ちょっと、だけ苦し、んっ」

　と言いつつも結構な痛さがあり、奥歯を食いしばる。久しぶりのせいもあるとは思うんだけど、圧迫感……すごすぎ。貴志のモノに私のナカがめいっぱい広げられている。

「は……ぁ」

息を吐いて力を抜き、少しずつ挿入される彼のモノを受け入れていった。

「ああ、寧々、寧々……いいよ、寧々」

耳元にかかる貴志の熱い吐息や、切なそうに呻く艶のある声が、私の滑りをよくしていく。いくらか痛みが和らいできた。

「寧々……僕の名前、呼んで」

「貴志、好き、貴志」

軽く唇を重ねながら、何度も呼び合う。

「寧々、好きだよ。好きだ」

「好き、貴志、貴志」

何度伝えても伝えきれない大切な言葉を、離れていた分を埋め尽くすように、繰り返し繰り返し与え合う。深く舌を絡めるキスの感触に応え、繋がるそこがぬめりを増す。

ようやく彼の硬く大きなモノを、全て呑み込んだ。

「……やっと」

彼のかすかな呟きを聞いて、閉じていた瞼を上げる。

「やっと思いを……遂げることが、できた」

貴志の瞳が濡れている。それに気づいた私も一瞬で視界がぼやけた。

「愛してる、寧々」

「私も、愛してる、貴志。あなただけなの」

「僕も、君だけだ。愛しているんだ、寧々……！」

切なげな彼の声が心を掴んで離してはくれない。これ以上ないほどの恋心が胸に膨れ上がり、彼に強くしがみついた。涙がぽろりと零れる。言葉で愛を確かめ合うと、貴志が腰を動かし始めた。

「ふ、ぁんっ、あっ、苦しっ、あっ」

硬いモノが抜き差しされるたび下腹にずしんと重たく響いて、勝手に声が飛び出してしまう。まだそれほど激しくないのに、こんなのって……

「ああっ、んっ……っふ、ううっ」

突かれながら揺れる胸を掴まれる。肌に指をくいこませた貴志は、先端をきゅっとつまんだ。

「やっ、あぁっ！」

「ここ、弱いんだね」

こねられるたびに蜜口からとろとろとした愛液が溢れ、緩急をつける彼の腰遣いに合わせて、ぐっちゅぐっちゅといやらしい音がまき散らされる。

「ああ、僕もいいよ、寧々……すごくいい」

「わ、私、も」

「寧々……っ！」

私のナカが貴志の大きさに慣れてきたのか、さらに快感を得ようとして硬い熱さを誘いこんでいる。

「あっ……あっぁ、あ」

大きなベッドがぎしぎしと音を立て、彼の肩越しに見える天井がゆらゆらと揺れた。

貴志の荒い息が私の耳に入り込む。すぐそばにある彼の横顔へ目を向けた。目を瞑り、歪んだ表情で喘ぎ、私のナカを堪能するように健げに腰を動かし続けている。

私でそんなにも感じてくれていることに、また涙が浮かんだ。こちらに気づいた貴志が、私の目に溜まる涙をちろりと舐め取った。胸がきゅんとすぼまり、同時に彼を呑み込む熟れたそこが、ぎゅっと締まる。

「っ、寧々、よすぎるよ……きつい」

「貴志が、優しくする、から」

「……僕のせいなのか」

私を見る彼の表情から健げさは消え、瞳の奥が挑むように光った。まずいと思った瞬間、体を起こした貴志が勢いをつけて自身をねじ込んだ。

「え、あっ、ぁあっ！」

「寧々にも、僕に夢中になって、もらわないと……！」

貴志は息も絶え絶えに腰を動かしてくる。激しい出し入れが私の意識を揺さぶった。

「貴、志ぃっ、んっ、あ」

私の腰をがっちりと掴み、大きな塊で遠慮なしに泉の奥を掻き回す。

「ふう……んっ、あ……っ」

「もっと大きい声出してよ、寧々」

「恥ずかし、いのっ」

「聞きたいんだよ、僕に、感じてる、寧々の声……っ」

「やっ、あぁ……！　ん、んんっ！」

抉られるように叩きつけられて頭の中が真っ白になる。必死の思いで彼の硬い背中にしがみついた。絶対に私の爪の痕がついている。そう思ってもどうにもならない。肌に触れる彼の全てが私を支配していた。

快楽に呑まれながら熱い息を吐くと、彼の唇に首筋をきつく吸い上げられた。背中がのけぞり、奥から強い快感が一気に込み上げた。

「すご、い……っ、おかしく、なっちゃ、ぅっ……！」

「いいよ、おかしく、なりなよ」

かすれた声で囁かれ、応えるように腰を振る。初めは痛さをともなう圧迫感で私を脅かした彼のモノは、今や内ひだにぴったりと馴染み、甘い快感を与えるだけとなった。

もっともっと……奥の奥まで突いてほしい。際限のない自分の中の欲に呆れながらも、彼に操られて愛の悦楽に溺れたかった。

再び両胸の先端を強くこねられる。

「それ、ダメェッ」

甘い刺激は瞬時に下腹へ伝わり、すぐにでも達しそうになった。彼の腕を押さえて首を横に振ってても許してはもらえない。乳首を離れた指は下腹からさらに下へ伸び、私の一番敏感な粒に触れた。くりくりと刺激を与えられ、彼の熱い棒でナカを掻き回され、本当にもう……

「わ、私、また、イッ……ちゃ……」

「僕も、一緒に……っ！」

貴志は腫れ上がった粒から指を離し、私の脚を自分の腰に絡ませて容赦なく奥を突いた。

「あっ、好き、好き、貴志！」

「好きだよ、寧々、寧々……ああ、もう」

うわごとのように名を呼び合う。貴志のモノに絡みつく私の奥から快感が駆け上がった。それに合わせて彼の律動が速まり、無遠慮に私のナカを何度も力強く穿つ。何が何だかわからなくなり、目の前に無数の星が散った。

「イクよ、寧々っ……くっ」

「私もイッちゃ、う、うう――……っ！」

焼けるような熱い絶頂の渦の中、どちらからともなく唇を重ねた。お互いを食べ合うキスを繰り返す。いつまでも繋がっていたい。そう思う気持ちを確かめ合うかのように甘く、激しく。


快感に襲われていた私は、ぐったりと私にのしかかる彼の下で、空を見つめていた。

愛する人に愛され、心も体もこれ以上ないほど満たされる幸せ――

「あっ」

彼のモノがぐっと引き抜かれた。空っぽになったそこが途端に寂しさを感じている。

ほんの少しでも離れるのが嫌だなんて。もっと貴志の匂いを染みつけてほしいだなんて。

心だけではなく体までもが彼の虜になっている。

私の耳に貴志の唇が押し付けられた。熱の残る吐息とともに彼が呟く。

「……もう一回」

「え……？」

「もう一回、したい」

体を起こしてゴムを処理した貴志が、再び私の上にまたがった。

「まだ全然、寧々が足りない」

「あ、ちょっ、ん……っ」

再びキスが落とされる。同時に、とろけきったナカを彼の指で掻き混ぜられた。寂しさを感じていたそこが再び興奮に煽られる。

「んふっ、んっ、あ」

もっと欲しいのに、そこで指が抜かれた。私の口中をまさぐっていた貴志の舌も離れてしまう。

「貴、志……」

体が切ないと瞳で訴える。微笑んだ彼はふいと顔を逸らし、私の下半身へ移動した。

太腿の内側に彼の髪の感触があたる。

「えっ、ダメッ、何して」

物悲しくなっていた私の蜜口に、顔を埋めている。いくら一度繋がったからとはいえ、間近で見られるのはとてつもなく恥ずかしい。なのに、咄嗟に閉じようとした太腿を掴まれ、中心部をべろりと舐められた。甘い快感に腰が跳ね上がる。

「やめっ、あっ」

「綺麗だ、寧々」

ぐちゃぐちゃになっているだろうそこを、音を立ててすすっている。

「あったかくてやわやわだよ、寧々のここ」

「そんな、ことっ、言わないで」

「僕を入れて、こんなに赤くなって……ああ、可愛いよ、寧々」

愛おしげな声で、優しく丁寧に唇を押し付けている。恥ずかしくてたまらないのに……愛されるのは心地よかった。

「あ、あぁ……あっ、あ……」

「もっと奥まで見たい。見せて」

彼の生ぬるい舌が、肉のひだをなめらかに往復する。

「んっ、ふう、んん」

私の秘密を暴いていくかのように、彼は舌を奥へと滑らせていく。むずむずとした感覚が、もっと上、粒まで届いてほしいと求め始めたそのとき、両方の膝裏を持ち上げられた。舐められていたそこが掲げられ、滴りで光っているのが目に飛び込む。

「きゃっ、やだ、こんなの……！　やめ、て」

「このほうが舐めやすい」

「ああ、ふぅ、うう」

息苦しいのと、羞恥と、与えられ続ける快感とでおかしくなりそうだった。

「つうん……ぁあ、はうっ！」

腫れあがる粒に吸いつかれ、びりりと電流が走る。彼は硬くした舌先で芽をつつき、転がし、ついばんで弄んだ。そうしてから、舌全体を使って舐め回している。

「ね、お願い、いっ、また」

私、何回イカされちゃうの……？

「いいよ、ほらイッて」

「っ‼」

歯先で挟んだのだろう、ちりりと小さな痛みを伴う大きな快楽を与えられた。薄暗い部屋にいるのに、目の前がぱっと明るくなる。

「あっ、あ、イクッ、んんーっ」

お尻がびくびくと震えて、貴志の顔の前で達してしまった。なのに、まだ貴志はそこへ吸い付いている。舌がぬるりと挿入された。

「も、許し、てぇ」

涙目で訴えてもやめてもらえない。彼の鼻先に粒がぐいぐいと押され、舌がナカを出入りしている。何度かまた、軽くイッてしまった。

「あ、はぁ、あう」

「……よかった？」

虚ろな目で短く息を吐いている私の顔を、貴志が覗き込む。やっと膝裏から手を離してくれた。

「よすぎ、て、おかしく、なりそう」

満足そうな笑みを浮かべた貴志は、私の両方の胸を強く揉みしだいた。

「あんっ、あっ」

「寧々の悶える声を聞いていたら、またこんなに大きくなっちゃったよ。ほら」

「っ！」

硬く屹立したそれへ、再び彼が私の手を導いた。今度は優しく握って上下に動かしてみる。彼のモノがびくんと戦慄き、脈打った。

「いいよ、寧々……もっと動かして、そう」

まだ少し残っていた白濁液が、先から少しだけ漏れた。指先につけて丸く伸ばし、そのぬめりを使って彼の指示通りに扱く。

「……あぁ」

貴志は艶のある声を出して悶えた。愉悦に浸る彼の歪んだ表情が好きでたまらない。

もっと感じてほしい。そして一緒に、感じたい。

「ね、挿……れて」

これが欲しいの、というように、すっかり大きくなったそれを少しだけ強く握る。

「聞こえないよ、寧々」

貴志は挑戦的な視線で私を刺した。と同時に硬く尖った両胸の先端をつまむ。

「んっ！　あっ」

「ほら、はっきり言わないとわからないよ。どうしたいの？」

こねくり回される甘い刺激に身悶えした。熱い棒を握り続けたまま精いっぱい彼に媚びる。

「あっ、も、もういっか、い、挿れて」

「何を？」

「いじわる、言わない、でっ、んぁっ」

「そんなに欲しいんだ？」

「これ、欲しい……貴志が、欲しいの……っ！」

求めてやまない欲情をさらけ出す。彼も同じように欲情の光が瞳に見え隠れしているのに、なかなか私の思い通りにはしてくれない。もう、我慢ができない。

「お願い貴志」

焦らされた私は貴志のモノから手を離し、彼の首に両手を回してしがみついた。望みを叶えてもらうために彼に愛を乞う。

「寧々、可愛すぎる。いっぱい感じようね」

「んっ、うん」

「ちょっと待って」

貴志がゴムを準備している間も疼きが止まらない。ベッドの上で体を丸めて冷静になろうとすればするほど、入口はひくひくとおねだりしていた。

ぎし、とベッドが揺れた。貴志が私の脚をひらかせる。

「大好きだよ……んっ」

「あうっ！　んううっ！」

柔らかな口調とは反対に、彼はいきなり最奥まで自身を突き入れた。一瞬息が止まるほどの圧迫感に私の背中が大きくのけぞる。蜜がシーツへ滴り落ちるほど濡れ切っていた私のそこは、難なく彼を受け入れ、喜びに打ち震えた。

太い杭を打たれる感覚だと思った。ひと突きされるごとに快感が増していき、苦しさがかえって大きな悦楽へと私をいざなう。

「あ、ああ、寧々」

「ふぁっ、あっ……ああ、いい……っ」

「ぎゅうぎゅう締めつけて……そんなにも僕が欲しかったの、寧々」

「んっ、うん、欲しかった、のっ」

貴志の額から汗がぽとりと私の唇へ落ちた。それをためらいなく舐めて私の中へと取り込む。全部欲しい。貴志の何もかもを、私の中へ全部。

思いを込めて彼の背中にしがみつき、私も強く腰を振る。

「寧々、締めすぎ、だよ」

「だって、あ、あっ、いいっ」

彼の腰に脚を絡ませた。もっともっと奥に、欲しい。途端に彼は顔を歪め、たまらないと言った声を出した。

「くっ、ダメだ、もう」

「イッて、貴志も、お願、い」

頷いた貴志は、がつがつと私に腰を打ちつけた。そのたびに気を失いそうになるのを何とかこらえる。彼の肌に顔を押し付け、ふと気づいた。

私たちの湿った体から雨の日の匂いがする。土砂降りの中、貴志にぶつかったときと同じ——

「寧々、出すよ、寧々、寧々っ」

「んっ、うん、出して……！　貴志、好き！」

「好きだ寧々、好きだよ、あ……ああ、イクッ……！」

「あっあ、あー……っ！」

貴志が大きく腰を震わせた。どこかへ落ちていく感覚に足の先から引きずり込まれる。意識を陶酔に埋め尽くされた私は、彼ともつれあったまま、しばらく動けずにいた。

結んでいた体をほどいたあとも私たちは身を寄せ合い、真夜中を越えてもなお、愛を繋ぐ行為を繰り返した。


どの部屋も窓が大きく、明るい。

昨夜とは全く違う様子の、朝の光をいっぱいに受けた部屋を見て回る。十人以上が着席できるダイニングルームや、身支度を整えるためのドレッシングルームに書斎。たった今シャワーを浴びてきたバスルーム。どれもこれもとにかく広くて、美しい重厚なインテリアにただただ圧倒されていた。

「ねえ、貴志。ここ、広すぎて迷っちゃうね。どれくらいあるんだろう」

「部屋の広さ？」

「うん」

歩き回っていた私は、バスローブ姿でソファに座る貴志に訊ねた。

「三百平米近くあるんじゃなかった？　まぁ、ふたりで泊まるには少し広いかな」

手にしている新聞記事でも読んでいるのかというほど、何でもないことのように言うから、一瞬言葉が浮かばなかった。

「どうしたの、寧々？」

「……さっ、三百って、そんなところを!?　私と一泊するだけなのに!?」

「寧々をやっと捕まえたんだ。これくらいのこと当然だよ」

絶句した私は、彼の隣に力なく座った。この金銭感覚の違いが埋まることなんて一生なさそう。

「貴志は……ここに泊まったことがあるの？」

「気になる？」

昨夜の貴志とホテルマンのやりとりを見て、何となく心に引っかかっていた。

「ちょっとだけ。……誰かと、この部屋に泊まったことあるのかな、って、んっ、んんーっ！」

無理やり貴志のほうを向かされて、強引にキスをされた。私の言葉を否定するかのような激しいキスだ。

「んっ、ふ、あ」

昨夜の熱が甦りそうで困る。貴志がにやりと笑みを向けた。

「焼きもち妬く寧々、可愛い」

「言わせたくせに……キスでごまかすのは嫌い」

わざと顔を逸らしてみる。バカップルみたいだと思いつつも、私が期待する言葉をかけてくれるのを待った。

「ごまかしてなんかないよ」

ソファの上で、ふんわりと私を抱きしめた彼が甘い声でなだめる。

「この部屋は初めてだ。他のスイートルームは仕事でたまに利用している。仕事で遅くなったときと、あとは会議で使うときもあるね。ここの広さの三分の一くらいかな。個人的に女性と一緒にはきていない」

「そうなの……？」

「君が初めてだよ。信じてくれる？」

「うん……信じる」

こつんと額をくっつけて微笑み合った。

恋人同士の会話が心地よすぎる。欲張りになった私は、もっともっと彼の口から甘い言葉を聞き出したくて、素直に彼の腕の中に飛び込んだ。

時間も忘れていちゃいちゃしていた私たちのもとへ、朝食のルームサービスが届く。

ダイニングテーブルには数種類の焼きたてのパンにジャムやハチミツ、バターが添えられている。私はオムレツ、貴志はスクランブルエッグ。ソーセージやベーコン、フレッシュジュースもおいしそう。

「寧々の好きなクロワッサンがあるね」

「うん、嬉しい！」

愛する人と極上の部屋で食べる朝食は最高の贅沢だ。彼と視線を合わせて何度も笑みを交わし、食べさせ合いっこをし、おいしい朝食を味わった。こんなに幸せで……いいの？

ゆったりとした朝食を終えた頃、コンシェルジュから連絡が入る。

「ちょっとここにいてね」

応対した貴志はリビングを出ていき、何やら部屋の入口でやり取りをしている。そろそろ着替えたほうがいいか。隣の部屋や、もうひとつある広すぎるダイニングを見ていると、彼が戻ってきた。

「寧々、お待たせ。こっちにきて好きなの選んで」

「なあに？」

追加で何か頼んだのだろうか。お腹はもう大満足なんだけどな。

彼のあとについていき、部屋の入口そばにあるドレッシングルームに入った。ポールに見慣れない服がたくさんかかっている。

「これは？」

「寧々の洋服だよ。僕のも少しある。この中から好きなの選んで」

「す、好きなのって、食べ物じゃないの⁉」

「昨夜、ワンピースが皺（しわ）になるって気にしていたじゃないか」

「そうだけど、どこからこんなにたくさんのお洋服を？　靴も……バッグまで」

「外商を利用したんだ。買い物に行く時間がもったいないと思って、今朝連絡を入れておいた」

「こんなところにまできてくれるの⁉」

背中を押されてポールの前に行く。並んでいるのが、これまたとんでもないお値段のタグがついた高級ブランドものばかり……下着まであるんですが。何かもう卒倒しそう。

「僕もたまに利用しているんだが、うちの親が特に好きでね。大抵どこにでも飛んできてくれるんだよ。やり取りはコンシェルジュに任せておいた。寧々が好きそうなものは、この中にある？」

「あ、あるけども」

「それはよかった。どうぞ、好きに選んで」

「でも、私は昨日着てきたワンピースで十分だよ」

私の返答を聞いた貴志は、大げさなくらいに大きくため息を吐いた。

「そう言うと思ったよ。じゃあ全部君にプレゼントする。とりあえず、今日着るものだけは選んで」

「ぜっ、全部⁉　ちょ、ちょっとほんとに待って、貴志」

「何を待つの」

貴志の生活レベルは、神谷グループを継ぐ彼の努力によって手に入れているものだ。

何もしていない私が享受するわけにはいかないし、そうそう馴染めるものではない。そこをどうにかわかってもらわないと。

「あのね、私みたいな庶民にはこんなこと贅沢すぎるの。この広すぎるお部屋だってそうだし――」

「わかった。寧々が気に入らないなら、今度から気をつける」

「全然気に入らなくはないの！　そうじゃなくて……貴志はこの生活を自分の力で手に入れているでしょ？　そこに何もしていない私が乗っかって、浮かれるのは違うかなって」

「何も違わないと思うけど。僕がしたいようにして、君が喜んでくれる。それでいいじゃないか」

　あまりにもあっけらかんとしているから、返す言葉もない。何て伝えればわかってくれるの!?　悶々としている私の両肩に彼の手が置かれた。

「寧々のそういう謙虚なところは大好きだよ。でも、これからずっと僕のそばにいるんだから、できればこういうことにはどんどん慣れてほしいな。とにかく今は選んでよ。選ばないと、このバスローブ脱がせるよ」

「ちょっ、いきなり何言って」

「ほら早く」

こんな場所で裸にさせられたら、たまったものではない。とりあえず今は彼の言う通りにしておこう。仕方なく服に手を伸ばすと、貴志が背中を触ってきた。

「ま、待って。わかった、今選ぶから。って……貴志⁉」

「自分で言っておいてなんだけど、興奮してきた。寧々、いい？」

「ひゃっ」

バスローブの上から両手で胸をわしわしと揉んでいる。嘘でしょ、ここで……？

「ね、ちょっと……んっふ、んん」

貴志のほうに向かされ、唇を塞がれた。ねっとりとした舌が、昨夜の甘い記憶を瞬く間に甦らせる。つるりとバスローブの肩を脱がされた。

「早く選ばない寧々が悪い」

彼はこつんと額をくっつけ、駄々っ子のように口を尖らせていた。

「い、今、選んでたでしょ。こんなところじゃ――」

バスローブの肩を直そうとしている間に、素早くしゃがんだ貴志が私のショーツを下まで引きずり下ろした。

「だ、ダメッて、もう、あっ！」

後ろに回り込んだ貴志は、私の足首に引っかかったショーツを脱がせ、片膝を持ち上げた。直に空気にさらされたそこが、すうすうする。心細さに身を縮ませた。

「ほら、寧々のナカが丸見えだ」

「え……あ、やだっ！」

鏡にふたりの姿が映っている。片脚を上げて広げられたそこが私の目に飛び込んだ。

慌てて目を逸らす。腰を揺らして振り払おうとしても貴志の手は全く動じない。

「は、離して」

「恥ずかしい？」

耳を甘噛みされる。ぞくりと肌が粟立った。

「……恥ずかしいに決まってるでしょ」

「こうしたらもっと恥ずかしいかな？」

貴志のもう片方の手が、広がった入口に触れる。

「あっ」

「おかしいな。どうしてもうこんなに濡れてるの、寧々」

くちくちという音が響いた。そんなつもりはないのに、溢れ出す露が彼の指を濡らしていく。

「寧々、見てごらん。太腿まで垂れてるよ」

「見ないで、いや」

「ほら、こんなにも欲しそうにひくひくしてる。僕の指が呑み込まれそうだ」

目を瞑ってそちらを見ないようにしているのに、後ろから囁く貴志の言葉が私の想像を駆り立てた。体の熱がどんどん上昇していく。

「もっと広げちゃおうか」

「えっ」

思わず顔を上げてしまった。鏡の中の自分と目が合い、貴志の指が狭間に挿入っていくのが見える。

「ひうっ、あぁっ」

それだけのことで膝ががくんと震え、きゅっと入口がしまった。

「今、軽くイッたんじゃない？　寧々」

「……も、許し、て」

「許すも許さないも、こんなに喜んでるじゃないか」

人差し指と中指を使って交互にこねくり回される。こんなところで、嫌……

「あ、ほんとに、やめ、てぇ」

「仕方ないな」

動く彼の手を押さえつけて抵抗すると、そこでようやく持ち上げていた片膝を下ろしてくれた。ホッとしたのも束の間、私のナカにある指はまだ抜いてくれない。それどころか深いところまで挿入り込んできた。差し込んだ指を引き抜いては、また奥へ挿れるを繰り返している。太腿へ滴る蜜が膝近くまで垂れていた。

「すごい音だね。僕の手もびしょびしょだよ」

「あっ、貴志、待っ、ってお願、い」

「ん？」

手の動きが少しだけ弱まった。後ろから回されている彼の腕にしがみつき、やっとの思いで問いかける。

「も……もしかして、このお部屋」

さっきから頭の中にチラチラ浮かびつつも、貴志の指に翻弄されて聞き出せなかったこと。

「ここ、廊下に、近くないよ、ね？」

「んー、もしかすると壁の向こうは廊下かもね」

「嘘っ」

「今頃コンシェルジュが歩いているかもしれないな」

「やっ、ダメ……！　あぁっ」

脚を閉じようとしてもかえって彼の手を締めつけてしまい、また奥まで指が挿入ってしまった。

「ダメダメ言いながら僕の指をぎゅうぎゅう締めつけてるよ。嘘吐きだなぁ寧々は」

人の気も知らないで楽しそうにクスクス笑っている。悔しくて、後ろにいる彼のほうへ顔を向け唇を噛みしめた。

「涙目になってる寧々、可愛い」

「んうっ、んんっ」

顔を寄せた貴志に唇を奪われる。舌でこじあけられて、私の舌に絡ませられる。私のナカで蠢く指に追いつめられ、ねっとりとしたキスが思考を鈍らせた。こんなところで私だけ達するわけにはいかない。どうにか我慢しないと……

「外、誰か通ったんじゃない？　声が聞こえた」

唇が解放された。

「え、嘘」

「ということは……寧々の喘ぎ声も聞こえちゃったかもね」

かぁっと顔が熱くなる。朝から、それもベッドではない場所で、こんなことをしている自分の声を？

「んあっ！」

貴志の指が内側をぐいと押した。疼いていた奥が悦びに戦慄く。さらにぐいぐいとリズミカルに押されて快感がせり上がる。もう我慢できない。声の飛び出しそうな口を自分で押さえた。

「んっ、んんーっ、んんっ」

びくんびくんと奥が痙攣し、とうとう達してしまった。蜜奥が彼の指を咥えて離そうとしない。満足いくまで震わせたあと、弛緩した。

「もう……ダメ……」

「おっ、と」

崩れ落ちそうになる私を貴志が支える。

「どうし、よう……」

今の声も聞かれていたかもしれない。動揺を隠しきれないでいると、貴志は私を自分のほうに向かせて抱きしめた。

「嘘だよ。驚いた？」

「っ！」

「このスイートルームは完全に独立しているはずだし、もしも隣に部屋があったとしても、隣が廊下だとしても、壁が厚いから聞こえることはないよ」

「っ、貴志の馬鹿！」

「ごめん、ごめん。寧々が可愛くてつい、いじわるしたくなった」

貴志は怒る私を抱き上げ、歩き出した。軽々とお姫様抱っこをする彼の首に手を回す。

悪びれない様子に悔しくなって彼の頬を小さくつねった。

「いてっ」

「いじわるしたお返し」

「ひどいなぁ、喜んでた癖に」

貴志は楽しそうに声を上げて笑った。

「もっと明るいところで続きをしよう。ベッドルームに行くよ」

「昨夜もいっぱいしたのに？」

「今日もいっぱいしたいんだよ」

「これからお仕事なんでしょ？」

「夕方からね。寂しい？」

「それは……だ、大丈夫だけど、ほんの少しだけ寂しい」

今は一分一秒でも離れがたい、というのが正直な気持ち。

「素直に言ってくれて嬉しいな。本当はもう一泊したいくらいなんだが……ごめん」

「謝らないで。寂しいけど、本当に十分だから」

こんなとんでもないスイートのお部屋にもう一泊だなんて、かえって恐縮しちゃうよ。

「だからぎりぎりまで寧々とこうしていたい。お願いだよ」

お天気のよい窓の外を見ながら貴志に抱かれて移動する。昨日、このホテルにくるまでの私は彼への思いが叶うとは思ってもみなかった。私と同じ思いを彼が抱えていたなんて、知る由もなかった。

「……十四年分、だもんね」

「そうだよ。その分一緒にいたいんだ。わかってくれる?」

「ん、わかった」

彼の頬へ口づける。立ち止まった貴志も私の頬にキスしてくれた。

「ドレッシングルームの僕からのプレゼントも、全部受け取ってくれるね?」

「っ!」

このタイミングで言うなんてずるい。そんなに優しく微笑まれたら断れない。

「うん、わかった。ありがとう。大切に着ます」

「あー、ホッとした。これで心置きなく寧々を抱ける」

「も、もう……!」

日の光でいっぱいのベッドルームへ入る。真っ白いリネンが昨夜のままに乱れていた。

そっとベッドへ下ろしてくれた貴志は私の上に乗り、優しく笑った。私も応えるように笑って彼にしがみつく。唇を重ねて、何度も愛の言葉を囁き合う。

貴志が宣言した通り、ここを出る時間のギリギリまで、私たちは夢中で体を重ねた。

十四年分の思いを込めて。愛の戯れに、疲れ果てるまで。

4　愛の誓いはオーケストラとともに

休日を入れて一週間仕事を休んだ理由は、店長が貴志と相談をし、職場の皆には内密にしてくれていた。定休日明けの火曜日から、私はまた音楽教室に戻って仕事に復帰した。

そして日曜日の今日。私と貴志はオーケストラを聴くために、かつて約束をした音楽ホールのある軽井沢へ向かっている。

新幹線で軽井沢駅に降り立つ。観光シーズンの日曜日ということもあるのだろう。結構な数の人が駅を行き交っていた。

「あ、いたいた」

改札を出たところで、彼が手を振った。五十代くらいの男性がこちらへ駆け寄ってくる。

「神谷様、お疲れ様です。ご無沙汰しております」

「ありがとう。久しぶりだね。元気だった？」

「ええ、それはもう。神谷様もお元気そうで」

「ああ、元気だよ。僕の恋人を連れてくるくらいに、ね。寧々、彼は三谷さん。彼女は伊吹さんだ」

普通に「恋人」と紹介されて、顔がぽわっと熱くなった。

「初めまして。三谷と申します。本日は宿まで送らせていただきますので、どうぞよろしくお願いいたします」

「初めまして。伊吹と申します。こちらこそよろしくお願いいたします」

三谷さんは貴志と以前から知り合いのようだ。ただの運転手には見えないけど……

「彼にはこちらの仕事を任せているんだ。僕がきたときだけ、こうして運転をお願いしているんだよ」

「そうなのね」

頷いた私へ三谷さんがにこやかに微笑み、さり気なく私の旅行バッグを持ってくれた。

「では参りましょう」

山あいの緑に包まれたリゾート地、軽井沢は、しっとりとした小雨が降っていた。涼やかな空気は秋の気配を纏っている。彼が予約をしてくれた宿は、全てが離れになっており、ひとつの集落のようだった。建物は和と洋が融合したモダンなテイストで、落ち着いた雰囲気が緑の中に溶け込んでいる。

「この辺はもうだいぶ涼しいな」

「本当ね。木の葉が黄色くなり始めてる」

雨に濡れた濃い緑の匂いを胸に吸い込む。フロントから林道を抜けて部屋へ向かう間に、この土地の自然をしっかりと感じられた。

「お届けものはこちらに置かせていただいております」

部屋を案内してくれたスタッフが、寝室のクローゼットの前で言った。

ハンガーポールにカバーのかかった服が並んでいる。こちらで購入する時間がなさそうなので、東京から送っておいたものだ。

「ああ、ありがとう」

「ごゆっくりおくつろぎくださいませ」

ふたりきりになった私たちはテラスへ出た。部屋の前をゆったりと流れる川に雨が降り、繊細な波紋を作っている。濡れる建物や木々の葉が川面に映し出されていた。せせらぎの心地よい音が部屋の中まで運ばれてくる。

「素敵ね……！」

美しい風景に胸が躍る。

「新しいだけあって、抜群にセンスがいいな」

屋根の張り出すテラスから、部屋を振り返った貴志が言う。

窓枠やテラスの手すりは、深みのある色味の木製だ。全体の外観と同じく、部屋の中も和モダンの落ち着いた雰囲気が漂う。

「たまにはこういう、こぢんまりした部屋に泊まるのもいいね」

「……はい？」

こ、こぢんまりって、どこが!? 普通はふたりでこの広さに驚くところなのに……！

でも、彼が住んでいるマンションや、私を泊まらせたホテルのことを考えると、そう思うのも仕方ないか。

「どこにいても寧々の気配を感じられていい」

とろけそうな笑顔で言われたら、突っ込む気もなくしてしまう。

後ろから私を抱きしめた貴志は、腕時計を見た。私も一緒に時間を見る。

「四時開演だったな。あと一時間もない。すぐに着替えて行こう」

「はい」

届いていたのは、彼の濃紺の三つ揃えと私のボルドー色のワンピースだ。秋の装いを意識した服に着替え、宿の駐車場で待っていた三谷さんに車でホールまで送ってもらった。

小雨の中、静かに佇むシックな色の大きな建物を前に、私は立ち止まった。

緊張と期待とで胸が高鳴る。コンサートに集まる人々が横を通りすぎていくのに、なかなか足が踏み出せない。

「寧々、大丈夫？」

貴志が心配そうに傘の向こうから私の顔を覗き込んだ。

「ごめんなさい。感動しちゃったの。いよいよなのね」

「ああ、そうだね。僕は緊張しているよ」

貴志は私の手を取って、しっかりと握ってくれた。その手を私も強く握り返す。

「行こう」

「はい」

先を行く人たちのあとに続いて、私たちも音楽ホールへと入った。

天井の高い広々としたホワイエ。人々のざわめき。そこは音楽ホール独特の香りで満ちている。

「いらっしゃいませ。こちらへどうぞ」

「ありがとう」

たくさんの人がいる中から貴志を見つけた男性は、私たちを席へ案内した。腕に腕章をして片耳にイヤホン、口元に小さなマイクをつけているからスタッフのひとりなんだろう。

「それでは、ごゆっくり」

「頼んだよ」

「はい」

貴志とやり取りを交わした男性が席を離れた。

「何を頼んだの？」

「ん？　ああ、休憩のときに飲みたいものがあって、ちょっとね」

歩きながらそんな会話をしていたのだろうか。全然気づかなかった。

背筋を伸ばして舞台をまっすぐに見る。

「ここ、一番いい席じゃない？」

「そうなるかな」

一階よりも少し高さがある後方席の一番前、舞台を正面にしてど真ん中の二席だ。このホールは客席全体が舞台に近く、演奏と一体感を味わえそうでわくわくする。

「とてもいいホールね」

「実際にきてみてもそう思う？」

「もちろんよ。でも、イメージしていたのより、ずっと新しいような気がする」

「二年前に改装しているね」

「そうだったんだ」

パンフレットに目を通してプログラムを確認した。『美しく青きドナウ』『くるみ割り人形』『ラデッキー行進曲』などポピュラーな曲目がいくつかある。小学生くらいの子どもがいる家族連れを多く見かけるのはそのせいだろう。

「今日のプログラム、とても楽しみなの。好きな曲ばかりよ」

「僕も好きだな。特にくるみ割り人形が」

「私も！　くるみ割り人形の中でも『花のワルツ』が大好きなの」

ふふ、と微笑み合って、彼の肩に頭をこつんと乗せた。応えるように貴志も頭を寄せてくる。ためらうことなくこういうことができる関係になれて、心から嬉しい。

ほどなくして会場のベルが鳴り、アナウンスが入った。舞台に演奏者が集まる。

彼らを迎え入れる拍手が起こった。コンサートマスターと指揮者が握手を交わす。指揮者のタクトが優雅に踊り始めた。オーケストラの流れるような音楽が会場いっぱいに響き渡る。迫力のある生演奏が、体の奥を震わせ浸透していく。

くるみ割り人形の可愛らしい曲の始まりでは、無意識に指を動かして拍子をとってしまった。はっとして隣を見ると、彼もまた同じように指をとんとんと動かしている。嬉しくて顔を綻ばせた私の耳に、トランペットの軽やかな音が届いた。気持ちをぱっと明るくしてくれるメロディだ。貴志がこちらを向き「トランペットだね」と目配せをする。

そうね、と私も頷いて微笑む。

彼と手を繋いで、次々に奏でられていく演奏を堪能した。

休憩を挟んだコンサートはあっという間に終わりを迎えた。鳴りやまぬ拍手に応えるアンコール曲がさらに私たちを感動させる。

「素晴らしかった……！」

胸が震え、笑顔が零れ、賛辞を乗せた拍手をする手が痛くなっても、まだやめられない。涙まで溢れて、私、泣き笑いになっている。彼のほうを向いて胸の内を伝えた。

「連れてきてくれてありがとう。約束を守ってくれて嬉しかった」

貴志と一緒に叶えたかった夢が今、現実のものとなったのだ。

「僕も願いが叶って嬉しいよ」

「貴志、もう一度言わせて。本当に本当にありがとう。私、世界一の幸せ者よ」

「寧々、それはまだ早いよ」

私の嬉し涙を、貴志が指で拭ってくれる。

「……早い？」

「もっと幸せになれる。君がいいと言ってくれたらの話だけどね」

「？」

彼と会話をしている間にも、人々がホールから出ていく。皆、笑顔でコンサートの感動を分かち合う話をしながら、会場の階段や通路を進む。なのに、なぜか一向に貴志は腰を上げようとしない。

「出ないの？」

「うん」

「もう残っている人は私たちくらいだよ？」

「いいんだ」

彼は優しく微笑んで私に寄り添う。

「いいって……よくないよ。行こう？」

いくつもある出入口の扉が次々に閉まっていく。数人のスタッフが客席に忘れ物がないかどうかの確認をして回り始めた。注意されるのではと焦る私の手を、貴志はしっかり握って前を見つめ続けている。

「ねえ貴志、本当にもう行かないと迷惑になっちゃう。あ、すみません」

案の定、スタッフが私たちのそばにきた。

「いえ、大丈夫ですよ。ごゆっくりどうぞ」

何と言い訳しようか迷う間もなく、貴志がスタッフにメモを渡した。受け取ったスタッフは頷いて、すぐにその場を去った。おかしな貴志の行動が私を不安にさせる。

「もしかして具合でも悪い？　大丈夫？」

「寧々、よく聞いて。こっちを向いて」

姿勢を正した彼は、スーツのジャケットのポケットに手を入れた。

スタッフすらもいなくなったホールは静まり返っている。貴志はポケットから何かを取り出し、私を見つめて目を細めた。

「受け取ってほしいんだ」

　何を、と聞こうとして声が詰まる。

　彼の手にあったのは小さな箱。蓋がひらいたそこには、照明が反射して光り輝く美しい指輪がおさまっていた。

「僕と結婚してほしい」

　貴志の言葉が遠くに聞こえる。

　あまりに驚いたとき、人は思考が停止し、声が出なくなるのだと知った。きらめくダイヤモンドが、みるみるぼやけていく。

「寧々」

「……本気で、言ってるの……？」

「本気だよ」

　ぽろりと涙が頬へ流れ落ちた。貴志の真剣な表情が私の胸を締めつけ、息がうまくできない。

「僕は寧々と結婚したい。君に一生、僕のそばにいてほしいんだ」

「私でいいの……？　結婚は貴志に、もっと、ふさわしい人と——」

「僕にふさわしいかどうかは僕が決める」

　箱を持っていないほうの手で、彼が私の涙を拭ってくれるのに、流れる涙が止まらない。

「僕には君しかいない。僕はこの先一生、寧々しか欲しくないんだ。だから僕と結婚してほしい」

応えても、いいのだろうか。

初恋が実って、それだけでもう十分だったのに。

それ以上を望んでも、いいの？

「君は僕のことをどう思っているか、聞かせて」

「私も」

彼の瞳が優しく私を待っている。

「私も貴志しかいないの。私も貴志しか、欲しくない……！」

貴志が私の唇へキスをした。瞼を閉じて彼の愛を受け入れる。閉じた瞳から、また涙が零れ落ちた。温かな幸せの涙が。

唇を離した彼が、自分の額を私の額にこつんとあてる。鼻先をこすりあわせて囁いた。

「受け取ってくれるね」

「……はい」

私の手のひらにのせられた、きらめく幸せの箱を受け取る。

「愛してるよ、寧々」

「私も、愛してる……貴志」

体を寄せて彼の腕の中におさまる。幸せすぎて胸がいっぱいで、今度こそ本当にどうにかなってしまいそうだ。

「ありがとう寧々！」

ぎゅっと私を抱きしめた貴志は、突然大きな声を出した。

「な、何？　びっくりした」

「ほら寧々、見てごらん」

私の肩をぐいと抱いた貴志は、舞台を指さした。

「え、……ええ!?」

誰もいなかったはずの舞台に、いつの間にかオーケストラの演奏者たちが集まっている。登場した指揮者が、私たちのほうへ手を振った。そして次の瞬間、指揮者がタクトを振り、序奏とともにハープの美しい調べが奏（かな）でられる。

「あ……」

くるみ割り人形『花のワルツ』だ。

「どうして……。さっき演奏は終わったはずなのに」

声を震わす私に、耳元で彼が囁（ささや）いた。

「僕からのプレゼントだよ」

「プレゼント……？」

「というか、プロポーズが成功したらの条件つきプレゼントだったんだ。ああ……ホッとした。寧々に断られたらどうしようかと思った」

「こんなプレゼント、って、有り得ない」

　ふと、花火と同じ予想が頭をよぎった。まさか、そんな。

「花の、ワルツは……もしかして」

「君がさっき『花のワルツ』がとても好きだと言ったから、メモで曲名を書いて演奏するようお願いした」

「なっ、んで、こんな、こと、んっ、う、うう……！」

　わっと泣いてしまった。盛り上がっていく曲がよけいに私を激しく泣かせる。

「いつも言っているじゃないか。全部君のためだよ」

「う、う」

「君が喜んでくれるのなら何だってする。僕のできる限りの力を持って、望みを叶えてあげる」

　やはり花火のときと同じだった。感激と感動と、驚きと嬉しさと幸せと。入り混じった感情が私の心を揺さぶって嗚咽が止まらない。

「寧々、もう泣かないで。演奏はあっという間に終わってしまうよ。楽しもう？　ね？」

「んっ、うん……うん」

彼の胸にもたれかかったままで、オーケストラの最高に美しいワルツを聴く。

私たちのためだけに奏でられる音楽に包まれて、世界一愛する人にプロポーズをされた。こんなにも贅沢なことがあるだろうか。

「寧々、左手を出して」

怖いくらいの幸せを受け止めるために、私は彼に左手を差し出した。

箱から取り出した指輪を、貴志が私の薬指にはめてくれる。ぴたりとはまった指輪が、私のためにあつらえたものだと教えてくれた。

「似合うよ」

「ありがとう。嬉しい。夢みたい。幸せすぎて……」

貴志の気持ちが嬉しくて、また涙ぐんでしまう。

花のワルツの演奏が終わり、私たちは彼らに惜しみない拍手を送った。彼らは次に『美しく青きドナウ』を奏でてくれる。

「こんなことができるなんて信じられない」

彼に向かって口癖みたいに、何度も同じことを言っている気がする。

「僕がここのオーナーだからできるのかもね」

「……えっ？」

船に続いてここも!?　でも、そうだ。彼は音楽ホールの経営に携わっている。その関係から……？

「このホール、実は数年前に経営難と老朽化で一度取り壊されそうになったんだよ」

「そうだったの？　全然知らなかった」

「それで僕の会社が……というか、僕の希望でこのホールを買い取ったんだ。その後、改装をして今に至っている」

「取り壊されるのを知って買い取ったの？」

「君との約束が果たせなくなるのは、どうしても嫌だったんだ。いつか君とここにくることが僕の夢だった」

「貴志」

「諦めなくてよかった」

「……うん。ありがとう」

ホール中に響き渡る美しい音楽が私たちを包んでいる。彼と手を繋いで、しばらくうっとりと演奏に聴き入った。

「本当はね、中学生のときに」

大きなダイヤが光る私の左手を貴志が強く握り、静かに話し始めた。

「もう少し大人になって自分の力で君をここへ連れてきたら、君に告白をしようと思っていたんだ」

「何て言おうとしたのか教えて」

「……好きです。付き合ってください」

貴志のはにかんだ笑みに、私も笑顔で告白をする。

「私も中学生の頃、あなたに、好きです、ってずっと告白したかったの」

私の唇に、貴志がそっとキスをした。初恋の甘酸っぱい思いが、唇から広がっていく。

「一緒に幸せになろう」

「はい。貴志のそばに一生、いさせて」

「もちろんだよ。寧々を一生離さない」

「私も離れないから」

貴志の腕に強く抱きしめられる。そうして演奏が終わった。顔を上げると、舞台の上で指揮者がこちらを向いている。

「おめでとう！」と、指揮者がこちらへ手を振った。

「ありがとう！」と、ふたりで大きな声を上げた。

会場に流れていた幸せの調べは演奏者たち全員の拍手に代わり、貴志と私は手を繋いで会場をあとにした。

再び三谷さんの運転する車に乗って宿へ戻り、夕食をいただく。

　予約を入れておけば遅い時間の夕食も対応してもらえるのは、とてもありがたい。食事処に通され席に着くと、和食の創作料理がテーブルに並んだ。彩り豊かな旬の食材を使った山の料理はどれも美しく、繊細な味が舌の上に広がっていく。地酒を飲み、おいしい料理を味わった。

「寧々。東京に戻ったら、僕の部屋にこないか」

「マンションのこと？」

「そうだよ。僕の部屋で一緒に住もう。ひとつ空いている部屋を君専用にしてさ。当然ベッドルームは一緒だから、それはいいとして……」

　堂々とベッドルームなんて言うから、周りに聞かれていないかとひやひやしてしまう。

「寧々、聞いてる？」

「え、うん、聞いてるよ。でも本当にいいの？」

「また逃げられたら困るからね。いつでも僕の目の届くところにいてもらわないと」

「もう逃げないってば」

　クスッと笑い合い、今後についての話に花を咲かせた。

　食事処を出ると雨はすっかりやみ、涼しかった風は冷ややかなものに変わっていた。夜空にかかる薄い雲間に月と星が輝いている。

「ロマンティックで夢みたいだった。何もかも」

「全部夢じゃないよ」

建物がほんのりとライトアップされ、私たちの帰路を照らしている。幸せな私の心に灯る、温かな色と同じだ。手を繋いで濡れた道をゆっくりと歩き、部屋へ向かった。

「貴志はひとりっ子？」

「いやふたつ年下の弟がいる」

「知らなかった。ふたり兄弟なの？」

「そうだよ。まぁ、あいつは忙しくて寧々とはなかなか会えないだろうが、僕の両親には近いうちに必ず会わせるからね」

「貴志のご両親は……反対しない、かな」

神谷グループの社長である貴志のお父さんと、その奥様であるお母さん。想像するだけで緊張に体が固まる。

「そんなことを心配していたのか、寧々は」

ため息を吐いた貴志は、私の手を強く握った。

「だって、誰が見ても身分違いなのは本当のことだと思う」

「寧々にはまだ話していなかったかな。僕の祖父のこと」

「貴志のお父さんを、公立の小学校へ入れたのよね？」

「そうだ。祖父はね、初恋の人と思いを遂げることができなかったんだ。だから家柄は関係なく、絶対に好きな人と結婚をしろと、口を酸っぱくして言い続けていた。僕の父は恋愛結婚をしている。母の実家は普通のサラリーマン家庭だったために、心配して結婚を取りやめそうだったのを、父が必死に食い止めたくらいだ」

おかしそうに貴志が笑う。意外な事実を知って緊張がほどけた。

「そういう家庭に育った男に君は捕まったってわけ。これで安心してくれた？」

「うん。とても安心した。素敵なご家族なのね」

「仲はいいよ。寧々がきたらきっと、とても喜ぶ」

「そうだと嬉しいな」

部屋に戻るなり、貴志は嬉しそうに提案をしてきた。

「寧々、一緒に風呂へ入ろう！」

「い、いいけど……ずいぶん張り切ってるのね」

「先週のホテルでシャワーは一緒に浴びたが、お湯に浸かる時間はなかったからなぁ、なぜか」

それはあなたがエッチばかりしていたせいでは……

「どうした？」

「う、ううん、何でも。もう自動でお湯は張ってあるから、すぐ入れるよ」

「じゃあ早速入ろう」

体を流してヒノキ作りの湯船に入る。彼が先に入って脚を伸ばし、その間に私が座った。とてもいい香りだ。

「あぁ、気持ちがいい。癒されるな」

「ほんとね」

さらさらという川のせせらぎが聞こえた。湯船の前の大きな窓はブラインドが下りている。明日の朝はこのブラインドを上げて、外を眺めながらお湯に浸かるのもいいかもしれない。

「僕に寄りかかっていいよ、寧々」

「うん、ありがと」

初めて一緒にお湯に入ることが少し恥ずかしかったけれど、こうしてゆったりできるのはいい。彼の胸に私の背中を預ける。後ろからそっと抱きしめられ、耳をキスされた。ちゅっちゅと何度も唇を押しあてたり、甘噛みをしている。お返しに顔を振り向かせて、彼の唇にキスをした。それだけなのに、何だか妙な気分になってきた……

「寧々、洗いっこしようよ」

「……うん」

私のお尻にあたっていた彼のモノが、少し硬くなっていたような気がする。貴志も感じていたのかな。

お湯から上がって、お互いの髪を洗うことにした。貴志は四角いヒノキの椅子に座り、私に任せている。人の髪を洗うなんて人生で初めてのことだ。手のひらにシャンプーをつけて少し泡立て、彼の髪をしゃわしゃわと洗う。

「お痒いところはございませんか？」

「ははっ、美容師みたいだな。じゃあ、前髪あたりをもう少しお願いします」

「かしこまりました」

意外とノッてくれるのね。額の上を指の腹でマッサージしていると、シャンプーが彼の顔に垂れてきた。あ、これはまずい気がする。

「うお、いてぇっ！　目に入った！」

「きゃーごめん！　すぐ流すから我慢して！」

慌ててシャワーのお湯を出し、彼の顔にあてた。普段あまり聞かないような彼の言葉遣いに笑いが込み上げる。

「頼むよ寧々～」

「ごめんごめん」

たまらずに私が噴き出すと、貴志も笑いながら手で顔を拭いた。こうやってきゃっきゃするのって、すごく楽しい。

貴志の髪を洗い終わると今度は私の番だ。貴志と交代で椅子に座る。両手が空くので、一応自分の腕で胸を隠す。彼はひとつにまとめていた私の髪をほどき、ちょうどいい温度のシャワーで流してくれた。シャンプーを泡立て、根元を優しくマッサージしている。

「貴志はすごく上手ね」

「そうか？　初めてだよ女性の髪を洗うなんて。難しいな」

「ふふ。すごく気持ちいいよ」

彼の指遣いがうっとりするほど気持ちよくて、だんだん眠くなってきた。

「寝ちゃダメだよ？」

「気持ちがよすぎるんだもの。今すぐにでも眠っちゃいそう」

「仕方がないなぁ。目を覚まさせてあげる」

「え？」

シャンプーをすすぎ終わった貴志は、ボディーソープへ手を伸ばした。

「次は体だから、眠気覚ましになるよ」

「んっ、冷たっ」

胸の谷間に、とろりとソープを落とされた。品のよい花の香りが漂う。

「これ、量が多くない？　ひゃっ！」

膝をついた貴志が、後ろから私の両胸を鷲掴みにした。ぐにゅぐにゅと揉んで、垂らしたボディソープを全体に塗り広げていく。

「ちょっ、貴志」

「多いほうがぬるぬるして寧々が喜ぶかと思って」

「こんなところで、ダメだって、ば」

貴志の指に反応した両胸の先端が、赤く尖り始めた。彼は、くるくると円を描いて優しく撫でている。つまんだり弾いたり、そんな様子を目の当たりにして、余計に甘く疼いてしまう。

「ね、もうベッドで、あ」

「僕は洗ってあげてるだけだよ。ベッドで何するつもりなの、寧々」

「またいじわる言うん、だから、んっ」

私の胸をいじっていた手は肩へ、背中へ、そして腰に巻いたタオルをはずしてお腹やお尻を撫でる。洗うというより、ただただ私を感じさせるためだけに、手のひらが這い回っているように思える。そうこうしているうち脚の間に彼の指が到達した。一瞬身構えた私が恥ずかしくなるほどに、貴志はそこを普通にさっと洗い、あっさり太腿や足先まで洗って終了した。

物足りなさを感じる。下腹の奥が熱いのに、もう交代だ。……それなら。

立ち上がった私は貴志を椅子に座らせ、手のひらにソープを乗せた。彼の後ろで膝立ちになり、首や背中、胸を丁寧に洗う。もう一度、今度はたっぷりとつけて、既に大きくなり始めていた貴志のモノへ、後ろから手を伸ばした。彼の腰のタオルは剥ぎ取る。

「私もお返し、ね」

「おっ、あ、寧々⁉」

触れた途端にびくんと脈打つ。上下にゆっくり扱くと、さらに大きく、硬くなっていった。

「あの、ちゃんと洗えてる？」

「……洗えてる、よ」

顔を歪めた貴志が熱い吐息を漏らす。このままだと出ちゃうのかもしれない。どうしようと迷った私は手を止めた。

「寧々、やめちゃうの？」

「まだ洗うとこあるから」

残念そうに聞く貴志が可愛い。下半身を隅々まで洗ってあげ、シャワーをかける。こちらを見ている貴志の表情は、待てを言い渡された子犬のようだった。……そんな顔しなくても、このあと続きをしてあげるのに。普段の彼とのギャップが私の胸をきゅんとさせる。

全身をシャワーで洗い流したあと、私は彼を立ち上がらせ湯船の縁に座ってもらった。私はその前にしゃがみこむ。

「寧々？」

貴志の下腹で勢いの弱まったモノに顔を寄せる。キスをして、ぺろりと舐めた。

「あっ、不意打ちだよ、こんなの、寧々」

私の頭に手を置いた貴志が背中を反らせた。丸い先を舐めながら、正直に彼に訊ねる。

「ど、どういうふうにしていいか、よくわからないから、教えて」

「したこと、ないのか」

「んっ、うん……ないよ。初めて」

みるみる硬さと熱を取り戻していくモノに、根元から舌を這わせた。

付き合った人とは体を合わせてみても心が追いつかず、すぐに別れた。そのあとの人は触れ合うくらいで終わった。こんなことをしてみたいとも、思わなかった。

「っ、したことないなんて、そういうこと言われたら、興奮しちゃうだろ」

「興奮して、いっぱい。……こう、でいいの？」

「ああ、いいよ。……上手だ」

さっき洗ってあげたときよりも大きくなっている気がする。すっかり上を向いて反り返る棒の裏側を丁寧に舐め上げた。貴志の短い息が頭上で聞こえる。私の頭を自分のほうへ引き寄せて、腰を上げている。もっともっと喜ばせてあげたい。胸に湧き起こった感情が私の行動を大胆にさせた。根元の柔らかな膨らみをそっと舐め、優しくしゃぶってみる。

「あ、あ……」

艶のある低い声にぞくりとする。ちらと見上げると、天井を仰ぐ彼の喉仏が上下していた。筋肉で締まった胸も肩も小刻みに呼吸している。その様子がさらに私を興奮させた。

「寧々、お願い」

「ん……?」

「咥えてくれる?」

こちらを見て甘えたような声を出す貴志の懇願に頷き、口をひらいた。そろりそろりと口中へそれを収めていく。

「うん、んむ……んん」

当然、全部は入りきらない。入った分だけ舐めようとしても、太さがあるせいで空間の余裕がなく、舌をうまく動かせない。ど、どうしよう。くふんと鼻で荒く呼吸をしながら、彼の硬いモノに必死で舌を押し付ける。どうにか、舌を左右にずらすぐらいの動きができると、貴志が熱いため息を漏らした。

「あ……ああ寧々、ダメだ、もう」

「んんっ、んっう」

内頬に熱い塊の先をこすりつけられた。苦しくて涙が出そうになるけれど彼が喜んでくれるのなら、これくらいのことは何でもない。もっとしてあげたい。

限界まで奥に咥(くわ)えて唇と舌でこすってあげる。口の端(はし)から唾液(だえき)が零(こぼ)れ、つっと垂れていく。私の頭を手で動かしていた貴志が腰をぶるりと震わせた。

「寧々、寧々イクよ……このまま、いい……?」

「んっ、うん、んっ」

じゅぽじゅぽと吸いついて合図を送ると、彼の低いくぐもった声が浴室内に響いた。

「あ、出る……っ!」

「んっん!」

舌の奥に生ぬるさと、独特の香りが広がった。全部出るのを待ち、ゆっくりと口中から彼のモノを引き抜く。こくんと喉(のど)を鳴らして、貴志の吐(は)き出した白濁液を飲み込む。

一度じゃ飲み切れないほど出てる……

「寧々、飲んだの……?」

小刻みに息を吐(は)きながら、貴志が問いかける。熱を帯(お)びた彼の瞳が色っぽい。

「ん……飲んじゃった」

「大丈夫?」

「大丈夫。でもちょっと顎(あご)が痛い、かも」

まさか貴志のが大きいせいで? と思ったけれど、きっと皆そうなんだろうと思うことにする。

「無理させてごめん」

申し訳なさそうな顔をして私の頬を撫でている。

「全然無理じゃないよ。私がしたかったんだもの。……気持ちよかった？」

「ああ、最高に気持ちよかった。ありがとう」

「もっと上手になれるように頑張るね」

「十分だって。次は僕の番だな。ベッドで寧々に奉仕させて」

ちゅっと唇にキスをされた。私もお返しに軽くキスをする。少し体が冷えてしまったので、もう一度ふたりで湯船にゆったり浸かった。

部屋の中はしんとしている。都会とは違い、人工的な音がしない。耳を澄ましてようやくせせらぎや風の音が聞こえるくらいだ。部屋の間接照明は一番暗めの灯りがついているだけ。

「寧々、おいで」

「うん」

纏っていたバスタオルをはずして、ベッドに横たわる。お互いの体がほかほかと温まっていて肌を合わせると気持ちがいい。

「キスして、寧々」

「んっ、ん……」

仰向けに寝る彼に体を寄せて、私から唇を重ねる。舌を絡ませる私の腰や背中を、彼の手のひらが優しくさすった。

「あっ……あ」

私のお尻を丸く撫でていた貴志の指が狭間にするりと挿入る。物足りなさの残るそこは彼の指を歓迎し、蜜を溢れさせた。私も彼のモノへ手を伸ばす。指を滑らせてそっと握った。硬くなっていく熱い塊を扱きながら、繋がるための準備を進める。貴志の先端も蜜で濡れ始めた。

「もう挿れたいけど、まだ寧々に奉仕してなかった、ごめん」

「え、あっ」

起き上がった貴志が私の体勢をくるりと仰向けにさせ、脚を持った。

「寧々も食べてあげるね」

「きゃっ、やだ……！」

思い切り両脚を広げさせられた。貴志は中心部分を無言で見つめている。彼の息がかかり、さらに蜜が出るのがわかった。

「そんなに広げて見ないで、でっ」

「いいじゃないか、見せてよ」

お尻のほうから真ん中、粒の上までを舐め上げられる。腰がびくんと跳ねた。私が動くのもかまわずに粒を舌先で舐め回している。

「んんっ、あうっ」

「寧々はこれが好きなんだよね」

「……そんな、んっ」

「好きじゃなかったらこんなに濡れないだろ？」

「や、んっ！」

貴志は蜜の滴りへ鼻を押し付け、顔を左右に動かしながらしゃぶりついた。貴志が私をすする音が部屋中に響く。

「おいしいよ、寧々」

「あ、ああっ……あ、あぁ」

快感のうねりに引き込まれる。私のナカに入り込む彼の舌が這いずり回った。入口がすぼまり、食べられているはずの彼の舌を、私のそこが食べようとしている。

「貴志っ、やっ、もう……いっ」

下半身がガクガクと震えた。彼の舌が赤く腫れた芽を摘み取らんばかりに強く吸い上げる。

「あ、イッちゃ、う、んっ、んんーっ！」

お風呂で我慢していたせいもあってか、あっという間に達してしまった。痙攣した体は快感に怯えるように、いつまでも小刻みに震えている。

「あ、はっ、う」

「よかった？」

「うん……すご、く、よかっ、た」

たった今、彼の舌に満足したばかりなのに、やはり一刻も早く繋がりたくなった。貴志が、欲しい……

抱き合い、深く唇を合わせる。舌を絡ませ、頬の裏側やつるりとした歯列にまでも舌を這わせ、互いの唾液を甘い樹液でも吸うかのように貪った。薄暗い中で散々もつれあった私たちは、昂る熱の準備を終える。

「もう挿れたい。いい？」

「私も、欲しい」

瞳を探り合って確かめる。彼はサイドテーブルに用意していたゴムを装着し、ベッドの上に横たわった。

「ね、今度は私が、してあげる」

「ん？」

彼を仰向けにさせて、その上にまたがる。少し恥ずかしいけれど、待ちきれないの。

「寧々が上になってくれるの？」

「うん……上手にできるか、わからないけど」

ぼんやりとした灯りに照らされた彼の肌に濃い影ができる。柔らかな光は淫靡な雰囲気を醸し出していた。硬くそそり立つ彼のモノを手で持ち、濡れそぼる入口へあてる。恐る恐る腰を落としていく。一週間、日にちが空いただけで、もう挿れづらい。

「あ、大き、い……んっ！」

「……大丈夫？」

「んっ、うん、は……ぁ」

息を吐き、ゆっくりと沈ませていく。私の腰を支えている貴志が、眉根を寄せてこちらを見つめている。

「全部、挿入っちゃ、った」

押し広げられた膣と下腹が、ぎゅうぎゅうに圧迫されて苦しい。

「搾り取られそうに、きつい、よ」

顔を歪めて呟いた貴志は私の両手を自分の両手で握り、指を絡ませた。触れ合う熱が緊張をほどいてくれる。

「動ける？　寧々」

「うん……」

腰を少し浮かせて沈ませる、を二回繰り返した。ぎしぎしとベッドが揺れ始める。

「ん、上手だよ」

「あっ、あ」

自分の好きなリズムで動いていると、彼のモノがどんどん馴染んでいくのがわかった。

息苦しさは悦びへと変わり、水音が聞こえ始める。低い声で喘ぐ彼の表情が愛おしく、ますます私を濡らしていく。その顔をもっと目に焼きつけたくて、動きを速めた。

「そんなにされたら、またすぐに、出ちゃうだろ……っ」

熱い息を漏らした貴志が、そうはさせないとばかりに突き上げてきた。

「んぁっ！　あぁっ！」

大きな声が押し出される。絡んだ彼の指を強く握って衝撃に耐えるけれど、激しい動きは止まらない。お腹の奥から生まれるやるせない疼きを、もっと埋めたくて彼に動きを合わせた。激しく揺さぶられ、まとめていた髪はほどけ、湿りけが私の肌に貼りつく。

のけぞる私の視界に、窓にかかるブラインドが見えた。小さな警戒心が胸に宿る。

「ま、待って。……なんか」

「どうした？」

「向こうの右側のブラインド、少し隙間が空いてない？　ちゃんと閉めてこないと……」

「平気だよ。あっちはテラスじゃないか。誰もいやしない」

「でも、川の向こう側にも同じようなお部屋があるから」

「離れてるんだし、こんなに部屋が暗いんだ。何も見えないって」

「私、ちゃんと閉めてく、あうっ！」

言葉の途中で、奥までずぐりと突かれた。快感が視界に星を散らす。

「あっ、あっ、だから、閉め、て、んんっ」

「途中でやめられないよ」

貴志はほどいた手を使い、私の両胸を掴んで揉みしだいた。からかうようににやりと笑いながら悶える私を下から見上げている。

「いい眺めだ」

「見えちゃ、うっ」

「寧々、逆に興奮してるじゃないか、こんなに締めつけ、て」

叱りつけるように強く揉んでいる。そのたびに、彼と繋がる私のそこがじんじんと疼いた。

「そんなに気になるなら、僕がこうすればいい」

「ふあっ！　んっ‼」

起き上がった貴志と座位の格好になる。さっきよりも深く、彼のモノが私を貫いた。

「こ、れ……っ、深、いっ、んんっ」

彼が窓のほうに背中を向け、私を隠すように抱きしめる。

「ね、これで見えないだろ？」

耳たぶをぺろりと舐められた。角度を変えてよく見れば、たいして隙間は空いていないようだった。ベッドは窓から離れているし、この暗さだ。彼の言う通り見えるわけがないか……

「寧々は見られてるほうが感じるの？」

「違っ、そんなこと、ない」

「想像するだけにしてよ？　誰にも見せたくないんだから」

「違うって言っ、あんっ」

貴志が腰を突き上げ、私の首筋に吸いついた。そんなに強く吸ったら痕がついてしまう。

「はうっ！　あんっ、んんうっ！」

私のナカを穿つ貴志は、深く唇を重ねてくる。背中に回された手に閉じ込められ、揺さぶられて、快楽の流砂に引きずり込まれていく。もがいても逃げることはできない。

「んっ、ふ、貴志、好き、んぁっ、あっ」

「僕も好きだよ、寧々……寧々っ！」

「きゃっ！」

興奮した貴志に、繋がったまま、ベッドに押し倒された。

「も、びっくり、した……！」

「ごめん。寧々への愛が暴走した」

「なぁにそれ」

ふっと笑うと、貴志も同じように微笑む。

「私だって愛してる」

「僕のほうが愛してる」

「私のほうがいっぱい愛してる」

「僕は君に絶対負けないくらい、たくさん愛してる」

むきになって言い返す貴志が何だか可愛い。彼の両頬（りょうほほ）に両手で触れる。

「もう、負けず嫌いなんだから」

「寧々だって」

額（ひたい）をこつんと合わせて、また小さく笑う。誰にも見せられないふたりだけの秘密をたくさん共有するということは、こんなにも幸せだ。くだらないやりとりに思えても、私たちは大真面目なのだ。真面目に真摯（しんし）に、愛し合っている。

「……もう、イクよ」

「うん、きて」

鼻先をこすり合い、キスをする。愛の甘さを味わう全てがとろとろに溶け、混じり合った。

「あ、あっ」

「寧々、寧々っ」

激しく腰を打ちつける貴志が苦しそうに呻いた。昇り詰める彼とともに、私の奥も道連れにされる。

「あっ、私もっ」

「出るよ、寧々……っ！　い、くっ」

「一緒にっ、あっ、ああーっ」

貴志が腰を震わせる。彼を咥える私のナカも脈打った。倒れ込むように私の上に重なった貴志を、快感の恍惚に溺れながら受け止める。

「……寧々、愛してるよ」

「私、も……愛してる」

うわごとのように何度も何度も愛の言葉を与え合い、いつの間にか深い眠りに落ちていた。

貴志、よく寝てる。

ヘッドボードに置いた小箱からエンゲージリングを取り出した。薬指にはめて、静かにベッドを抜け出す。ソファに置かれた毛布の一枚を手にする。ふわふわのそれを頭から被り、くるまった。サンダルを履いて、そっとテラスへ出る。

　夜中の十二時をすぎたここは、見渡しても誰ひとりいない。川から吹く風の、ひんやりとした涼しさが気持ちよかった。毛布の下は何も身に着けていないことがとても大胆に思えて、すぐに引き返そうとしたけれど、満天の星がそれを許さなかった。

「あ……！」

　きらりと星が流れる。すぐにまた別のところでも。目を凝らせば数秒に一度、流れ星を見つけることができた。

「綺麗」

　天の川を肉眼で見たのは初めてかもしれない。降るような星空を見つめ続けていると、広大な宇宙にひとり、投げ出されたように感じた。ふるりと身を震わせて自分の存在の小ささを実感する。

「……寧々？　どうした？」

　テラスのガラス戸が開いた。私と同じように毛布にくるまる貴志が、隣にきて体を寄せる。

「起こしてごめんね。どうしても見たくて」

　小声で返事をする。

「何を？」

「あれ」

星屑（ほしくず）がちりばめられた夜空を指さした。

「すごいな……。さっきはまだ薄い雲がかかっていたのに」

「私、こんなにたくさんの星を見たのは初めて」

「僕もじっくり見たことはないな。綺麗だ」

「本当に、綺麗」

ベタかもしれないけれど、こんなに広い世界で貴志に会えた運命を実感してしまうほどの美しさだった。

「ねえ、いつかまた一緒にトランペットを吹いてみない？」

「いいね。僕のは実家に置いてあったはずだ。探してみるよ」

「ずっと吹いていないから、うまく吹けるかはわからないんだけど」

「僕だってそうだよ。いいじゃないか、今度一緒に練習しようよ」

「うん、そうね」

彼にもたれかかって、小さく頷（うなず）いた。

どこかからホーホーと、ふくろうの鳴き声が聞こえた。夜は深まり、ふたりの息遣いは暗闇に溶けていく。

「約束した夜を思い出すな」

「綺麗な星が出ていたよね。ひとつだけ輝いていて、あの頃の私にはこんぺいとうに見えた」

「こんぺいとうか。今夜は食べ切れないくらいあるね」

「ここにもあるよ」

　左手を夜空に掲げて、彼にも見えるようにする。

「一番大きくて綺麗で、素敵に輝いてるでしょ？」

「本当だな」

　ふふ、と笑った私を、微笑む彼が抱き寄せた。

　聴いたばかりのオーケストラの曲をふたりで口ずさむ。途中、同じところを間違えてふたりで小さく笑うと、こんぺいとうの星たちも一緒に、あちらこちらで瞬いた。

5　初恋の、その先で

　軽井沢から帰った翌日の火曜日。音楽教室の扉を開けた途端、皆に囲まれた。

「伊吹さん、おはよー！」

「伊吹さんおはよう！　今日は遅番だったのね」

佐々木さんと佐藤さん、島田さんが食い入るように私を見つめている。

「お、おはようございます。皆さん……お揃いで」

「だって待ってたんだもんねえ」

「見たよ、週刊誌。ちょっとだけ掲載されてたあれ、伊吹さんだよね？」

「あの記事って本当に本当なの!?」

鼻息荒い皆の視線を受け止めて、ごくんと喉を鳴らした。

今日発売の週刊誌に、貴志と私のことが掲載されてしまったのだ。

遅番だった私は貴志に連絡をもらうまで何も気づかず、のんびりすごしていた。彼がスマホに送ってくれた画像には「神谷グループ御曹司の本命はOLのIさんだった！」の見出しとともに私が写っており、その隣には働く姿の貴志の写真が並んでいた。

貴志の話によれば、私と彼が恋人宣言したパーティーの参加者が情報を漏らし、記者が私を突きとめたのだろうということだ。

「ええと、ですね。専務がここにくるそうなので一緒に説明します……」

「えっ！　そうなの？」

「いつ？」

今日は貴志と一緒に彼の送迎車でここにきた。彼は楽器店で店長に挨拶をしてから、こちらへくるはずだ。そのことを説明しようとしたとき、ちょうどいいタイミングで彼の姿が見えた。

「今です」

私が楽器店の入口を指さすと、彼女たちが一斉にそちらを振り返った。

「皆、お疲れ様」

にこやかな笑顔でスーツ姿の貴志が入ってくる。

「専務！」

「お疲れ様です！」

「もしや、僕と伊吹さんのことで騒いでいたのかな？　その様子だと週刊誌を読んだんだね」

こちらへ近寄りながら、貴志は皆に向けて首をかしげた。そんな顔をされたら皆がどうなるのかなんて、全然わかってないんだから。

「え、いいえ、あの……読みました」

「す、すみません。でもとても気になっていました」

「伊吹さんとはその、本当なんでしょうか」

案の定、彼女たちは赤面しながらもじもじと言葉を濁(にご)している。

「本当だよ」

極上の笑みとはこういうことだろうか。ここ数日、散々彼と愛を確かめ合った私ですら、その表情に見入ってしまう。

「年内に、僕は伊吹さんと結婚したいと思っている」

ひと呼吸おいて、きゃあああと悲鳴が上がった。

彼にプロポーズをされた実感が湧き上がり、私まで叫び出したい気持ちに駆られる。

ああもう、顔が熱い……！

「ただ、これはしばらくの間、ここだけの秘密にしておいてほしいんだ。もし何かを聞かれることがあっても知らないと答えてくれるかな。まぁ、特に追いかけ回されているわけでもないし、僕は芸能人でもないから、そこまで注目はされていないだろう。念のため、伊吹さんにはしばらく送迎をつけさせるが皆は気にしないでね」

「は、はいっ」

「伊吹さんは私たちが守りますから！」

「そうですよ！　私たちがいますからね、専務！」

「頼もしいな。ありがとう」

貴志の優しい笑顔を向けられた佐々木さんたちは、またもや顔を赤らめている。

「じゃあ寧々、あとでね」

「あ、はい」

私にもとびきりの優しい笑みで手を振り、彼は教室のドアから出ていった。

「す、すす、すごおおおーい‼」

「『寧々』だって！　専務のあんな顔、初めて見たわ……」

「こういうのをシンデレラって言うのよね⁉」

「いかにもなセレブなんかを選ばないところがいいっ！　専務の好感度がまた上がっちゃうわぁ」

一斉にこちらを向いた彼女たちに再び取り囲まれる。

「おめでとう、伊吹さん！」

「豊原さんがきたあとに、専務が伊吹さんのことを聞きにきたときから変だと思ってたけど、まさかこうなっているとはね！　応援するからね！」

「伊吹さん、困ったことがあったら何でも言うのよ？　絶対に力になるから」

がっしりと両肩を掴まれた。痛いくらいのすごい勢いだ。でも、皆の気持ちが嬉しい。

「ありがとうございます。ご迷惑をおかけしてすみませんが、どうぞよろしくお願いします」

「ふふふ、その代わり……専務とのこと教えてよ～？」

「そうそう、私たちの知らない専務のこと。まずは……」

「まずは仕事をしなさい。君たち」

すぐ後ろから店長が言った。

「店長、緊急事態なんですよ、これは。聞いてましたよね？」

「わかってるって。でもまぁ、何にしてもよかったね、伊吹さん」

「はい。店長……ありがとう、ございます」

店長は「大丈夫、皆には言わないよ」と、こっそり目配せをしてくれた。私が逃げ出したときのことを、店長は今も誰にも言わないでいてくれる。貴志が彼にしっかり話をしてくれたお陰だとしても、店長には頭が上がらない。これからは今まで以上に真面目に頑張らなければ。

「もしや、専務はもう出られましたか？」

教室のドアが開き、入ってきたのは吉川さんだった。彼とはパーティー会場となったホテルで別れたきり、顔を合わせていない。店長が頭を掻きながら吉川さんのほうを向く。

「あちゃー残念、入れ違いですね」

「そうでしたか、失礼しました。では」

私、吉川さんに確かめたいことがあったんだ。

「店長すみません、少しだけでいいんです。吉川さんとお話をさせてください」

「おう、いいよ。行っておいで」

ありがとうございますとお辞儀をし、私はお店を飛び出した。吉川さんを追いかける。

「吉川さん!」

　スマホを取り出していた吉川さんが、顔だけ振り向いた。

「あの、すみません。少しだけいいですか? 歩きながらで結構ですので」

「ええ、かまいませんよ」

「ずっとお伺いしたいことがあったんです。私にお気を使わず正直に答えていただきたいのですが」

「何でしょう?」

「音楽教室にたびたび吉川さんがいらしていたのは、私が面倒事を起こさないか監視していたから、だったんでしょうか」

「監視といいますか、専務に頼まれておりました。音楽教室であなたが楽しく働いているか、嫌な思いをしていないかチェックするよう言われましたので。ただ、それは一度だけであとは私の独断で音楽教室に伺っていました。あなたが専務にふさわしい人物なのかを、個人的に知りたかったので」

「どう、でしたか」

　恐る恐る彼の横顔を窺う。私の視線に気づいた吉川さんが立ち止まった。

「専務が肩の力を抜ける、大切なお相手だと認識したからこそ、あなたを社にお呼びしたのですが」

初めて、吉川さんの微笑んだ顔を見た。その笑顔が私の胸をじんわりと温かくさせる。思い出の場所に行く前、吉川さんは昔の貴志のことを教えてくれた。あのとき、吉川さんの表情が和らいだように思えたのは、私の気のせいではなかったんだ。

「専務から、長いこと探し続けていた人を見つけたというお話を伺ったときは半信半疑でした。彼女のためにマンションを借りる、必要なものを準備しておくようにと言われ、そこでようやく専務の本気度を理解しました。驚きましたよ」

「吉川さんは、最初から何もかもご存じだったんですね」

「お気持ちが通じ合って何よりです。他にご質問は？」

「いいえ、もうありません。お引き留めしてすみませんでした。ありがとうございました」

「では、失礼いたします」

つかつかと歩き出した彼の背中はもう、いつもの吉川さんだ。今日はその姿が不思議に安心できる。彼の後ろ姿にお辞儀をした私は、踵を返して音楽教室へ戻った。


週刊誌の内容が彼のご両親にも知られたので、私たちは急きょ、貴志の実家へ挨拶に行くこととなった。プロポーズの報告も兼ねているので緊張する。

軽井沢から戻って週刊誌に騒がれて、その次の日曜に彼のご両親に会うことになるとは。ちょうど早番だった私は終業後、貴志の車で用賀の彼の実家へ向かった。

到着すると、広い門の隣にある駐車用のシャッターがひらき始めた。中の駐車スペースには既に四台の車が停まっている。全部外車だ……。私たちの他にもお客様がきているのだろうか。

「親父の奴、また買い替えたな」

「そうなの？」

「一番右とその隣が別の車になってる」

「も、もしかしてこの車、全部貴志のお父さんの車なの!?」

「一台は母の車だね。これの他に送迎車が二台あったと思うよ」

先客などいなかったというわけね。親子で何台車を所有しているんだろう。

駐車場を抜けて玄関前に行くと、和服を着た年配の女性がドアを開けて待っていた。

「お帰りなさいませ、貴志様」

「ただいま頼子さん。今日も元気そうで何よりだね」

「ええ、坊ちゃんも」

「いい加減に人前で『坊ちゃん』はやめてくれよ。僕はもう来年三十だよ？」

「坊ちゃんは坊ちゃんです」

きりっと言い放った頼子さんは、私に向かってにっこりと微笑んだ。

「いらっしゃいませ」

「お邪魔いたします。伊吹と申します」

「家政婦の堀田頼子と申します。まぁまぁ、素敵なお嬢様でいらっしゃいますねえ、坊ちゃん」

「僕の選んだ女性だからね、当然だよ。さぁ入ろう寧々」

頼子さんへにやりと笑った貴志は、私の腰に手を添えて家の中へと促した。

「す、すごい……」

玄関広っ!! 恐ろしく広い三和土にも驚いたけれど、上がり框が十畳くらいあるのには絶句した。床や柱の木材はまだ新しく、木のよい香りがする。

「旦那様も奥様もリビングでお待ちですよ」

「ああ」

粗相のないようにしなくては。緊張しつつ、貴志のあとを静々とついていく。

「ただいま」

「お帰り」

「お帰りなさい、貴志」

私たちがリビングへ入ったと同時に、ソファに座っていた彼の両親が立ち上がった。

「僕とお付き合いしていただいている、伊吹さんです」

「伊吹寧々と申します。初めまして」

少し声が震えてしまった。お辞儀をして顔を上げると、貴志のご両親が私を見つめている。

「貴志の母です。さぁおかけになって」

「貴志の父です。よくいらっしゃいました、どうぞ」

おふたりとも優しそうでホッとした。

「あの、お口に合えばよいのですが、どうぞ召し上がってください」

「あらまぁ、お気を使わせてすみません。遠慮なくいただきますね」

彼のお母さんが嬉しそうにお土産(みやげ)を受け取ってくれた。彼女の顔立ちは貴志に似ている。

お庭に向けてコの字型に置かれたソファへ貴志と一緒に座る。彼のご両親は私たちの斜め前に並んだ。窓から見える、手入れのされたお庭が美しい。

勧められた香りのよいコーヒーを飲む。素敵なコーヒーカップだ。ソーサーにカップを戻すと、彼のお母さんが切り出した。

「伊吹さん、ごめんなさいね。貴志のせいでいろいろとご迷惑をおかけしちゃって。本当に申し訳ありません」

「い、いえ！　私のほうこそ、ご迷惑をおかけしてしまって……」

貴志に頼まれていたとはいえ、パーティー会場では独断で恋人宣言をしてしまった。

その結果、週刊誌に載ってしまったのだ。責任は私にもある。

「寧々は何も悪くないよ。僕はこうなることを望んでいたんだからね」

「そういうところ、どんどんお父さんに似てきたわよね、貴志は」

「そうかもね」

貴志とお母さんの会話を聞いて、お父さんが気まずそうに咳ばらいをした。何の話だろう？

それにしても……あの大企業グループの社長がすぐそこに座っていると思うと、どうしても緊張してしまう。私が楽器店でお世話になっていることを話題にしたほうがいいのだろうか？　でも、貴志が話を振るまでは余計なことは言わないほうがいいのかもしれない……

迷っている私のほうを見たお母さんが、ふうとため息を吐いた。

「……可愛いわねえ」

「え？」

「私ね、娘が欲しかったの。それはもう本当に。でも私には娘ができなかったものだから息子たちに期待したのよ。家に彼女を連れてきて、私に紹介してくれて、バレンタインは『貴志くんはどんなチョコが好きなんでしょう？』なんて相談されて、一緒にチョコ作っちゃったりしてね？　そういう夢を見ていたのに一向に貴志に浮いた話がないもんだから、もう一生無理なんだと諦めていたのよ。それが今回のことでしょ⁉　もう嬉しくて嬉しくて！　早くあなたに会いたかったの」

「あ、ありがとうございます」

うふふ、と私に笑いかけた彼女は、貴志のほうを見た。

「芳貴は一生独身でいるなんて宣言していたし。全くもう……」

もしや弟さんのことかな。彼のほうを振り向いて首をかしげる。

「芳貴さんは前に話してくれた弟さん……？」

「そうだよ。今は海外支社を回っているんだ。祖父のところへしょっちゅう遊びにいっているらしい。日本にいるよりもあっちのほうが肌に合うみたいだ。自由奔放な弟でね」

「そうなのよ、芳貴には全く期待できないわ。だからもう私……か、感激しちゃって。貴志よくやったわ……っ！」

な、泣いてる⁉

「あ、あの……！」

「伊吹さん、すまないね。ほら英恵。伊吹さんが驚いているだろう、泣きやみなさい」

お父さんがお母さんへハンカチを差し出す。

「ありがとう、俊貴さん」

「母さん、興奮しすぎでしょ」

「だって本当に嬉しいんだもの」

　ぐすぐすと鼻を鳴らしたお母さんは、貴志に向かって口を尖らせた。可愛らしい仕草を見て緊張していた心がほぐれる。そしてこんなにも私を歓迎してくれたことに胸が熱くなった。

　私の手土産もコーヒーと一緒にテーブルに並んだ。

「伊吹さん、このチーズケーキとってもおいしいわ。私、チーズケーキ大好きなのよ」

「私も大好きなんです。喜んでいただけてよかったです」

　貴志から事前にご両親がチーズケーキ好きだと聞いていたので、私のお気に入りのカフェでとびきりおいしいチーズケーキを買ってきたんだ。

「ねえ今度一緒に食べにいきましょうよ。私もおススメのお店があるの」

「はい、ぜひ！」

「それから、お洋服や雑貨を見にいったり、ああ、一緒に旅行もいいわねえ。女同士で温泉に入っておいしい料理を食べて……ふ、ふふふふ」

「だから母さん、怖いって」

　貴志とお父さんが視線を合わせて笑っている。私も釣られて笑ってしまった。意外にも気さくなお母さんで本当に嬉しくなってしまう。

　話が弾んできた頃、貴志のお母さんが私に訊ねた。

「伊吹さんのご実家はどちらなの？」

「両親を亡くしまして、ひとりで住んでいます。実家はありません」

「そうなの……。伊吹さんはおいくつ？」

「二十九歳です。貴志さんと同じです」

私が答えるのを見守っていた貴志は、ケーキを食べていた手を止めた。

「母さん。変な先入観を持たれるのが嫌で言わなかったんだけど、伊吹さんは僕の――」

「ねえ、貴志」

「話の途中だよ。聞いて、母さん」

「ええ、わかっているわ。そうじゃないの。もっと大切なことよ。どうしてお母さんに……

それを早く言わなかったの」

「どういう意味？」

お母さんは身を乗り出して私の顔を見つめた。

「伊吹さん、違っていたらごめんなさいね。もしやあなた、貴志と中学校で同級生だった伊吹さんではなくて？」

「ええ、そうです。貴志さんと同じ吹奏楽部でした」

貴志が言おうとしたことにお母さんは気づいていた。

「やっぱり伊吹さんだったのね。そう、あなた……伊吹さんのお嬢さんだったの」

「母さん、彼女のことを知ってるの？」

「貴志は覚えていないかもしれないけれど、私、伊吹さんのお母様と中学校で役員をしていたのよ」

「え」

貴志と一緒に声を上げてしまった。私のお母さんと彼のお母さんが知り合いだった？

「それにあなたと一緒に、伊吹さんの葬儀へ参加しているでしょう」

「あ、そうか……。僕は友人たちと一緒にいて、母さんの記憶が曖昧（あいまい）だった。そうだよな……」

頷（うなず）いたお母さんが話を続ける。

「一年生のときにね、あなたたちは違うクラスだったでしょう？　それぞれのクラスからいくつかの役員を選出するのね。それで私たちは同じ委員だった。伊吹さんのお母様とは子ども同士が同じ部活ということで、役員会のときはいつもお話をしたのよ。部活のコンクールのときも近くにいたら声をかけあっていたわ」

私の知らない母の様子を、彼のお母さんが語っていることがとても不思議に思えた。

「お葬式のときは、信じられなくて……」

お母さんは声を詰（つ）まらせ、涙ぐんだ。昨日のことのように思い出してくれる彼女の気持ちが痛いほど私に伝わる。

「つらかったでしょう。ご親戚に引き取られたと聞いたけれど……」

「葬儀のあとすぐに、秋田の親戚のところへ行きました。そのあとは熊本と千葉にいる親戚のところへ。そして二十歳のとき、ひとりでこちらへ戻ってきました」

「頑張ったのね」

その言葉に思わず泣きそうになる。頑張ったつもりはなくても、ひとりでつらいときはあった。母のことを知る彼のお母さんにそう言われることで、昔の私が慰(なぐさ)められたような気がしたのだ。

「寧々は僕の初恋の人なんだ。ずっと探していて、ようやく見つけたんだよ。そして先日、結婚を申し込んだ」

「まぁ！　プロポーズ済みなのね⁉」

ぱっとお母さんの顔が明るくなる。

「ああ、いい返事をもらえたよ」

「貴志。お前のその選択に、間違いはないと思うよ」

黙って聞いていた彼のお父さんが優しい声で答える。

「うん、ありがとう。僕もそう信じてる。そしてそれを彼女にも信じてもらいたい。信じてよかったと思ってもらえるように、一生努力していくつもりだ」

貴志が私の手を取り、強く握(にぎ)った。

「私も素晴らしいと思うわ、貴志。だからあなたは……ひとりでいたのね」

「まぁ、そういうこと。親に面と向かって報告するのは恥ずかしいもんだね」

「いいじゃないの。お父さんだって似たようなものなんだから」

またお父さんがごほんと咳ばらいをし、お母さんがクスッと笑った。

「伊吹さん……いいえ、寧々さん。貴志のことを、よろしくお願いしますね」

「私のほうこそ、よろしくお願いします」

「きっとあなたのご両親も喜んでくれる。そう思っていただけるようにしましょうね」

「はい。ありがとう、ございます」

お母さんの言葉を聞いて、とうとう涙が溢れてしまった。貴志のお母さんが私の手をそっと握る。とても柔らかな温かい手で。

二時間ほどをすごし、また近いうちに遊びにくると約束して彼の家を出た。帰路の車の中で、気になっていたことを貴志に聞いてみる。

「お父さんが貴志に似てるってどういうこと？　お父さん、何度も咳ばらいしていたから気になったの」

「多分、母さんと結婚した理由が同じだからじゃないかな。前にも言ったと思うけど、祖父の方針で政略結婚はダメ、恋愛結婚をしろ、だったんだよね。それで父は初恋の母に告白して結婚、という流れだったらしい。確か父のほうが、母にずっと片思いしていたんじゃないかな。母はあの通りだから、父の気持ちにちっとも気づかなかったらしいよ」

貴志の一途なところはお父さん譲りだったんだ。

「私、貴志のご両親にがっかりされないように一生懸命頑張るね」

「どうしたの急に」

「嬉しかったの、とても。私のお母さんを知っていてくれたことも、私に対して何の偏見も持たれなかったことも、全部がとても嬉しかったの」

「寧々」

「私たちが結婚することを喜んでくれた。だからもっとしっかりしないとダメだと思って。私が貴志を幸せにするためにも」

「寧々、ダメだよ」

「何が？」

「運転中にそんな嬉しいこと言われたら、手元がくるいそうだ」

「しゅ、集中して！　もう言わないから」

「それじゃあダメだよ。僕の部屋に引っ越したあと、もっと甘い言葉をかけてくれるって約束しないと集中できない」

「もっと言うの？」

「そう、早く約束して。でないと――」

「する！　……します」

「よし。これで集中できる」

「も、もう」

ご機嫌な顔に変わった貴志が鼻歌を歌い始める。何をするにもすっかり彼のペースだ。いつでも嵐のように私を彼の世界に連れていく。その巻き込まれついでに今度の火曜日、とうとう私は彼の部屋に引っ越すことになっているのだ。


そして、火曜日。ソファに座り、貴志が淹れてくれたコーヒーを飲んで、やっと人心地がついた。

「意外と早くに終わったね」

「結局私、何もしてないような気がする」

「まぁ、それでもお疲れ様だよ。あとでこの部屋のカードキーを渡すね」

「ありがとう」

今朝、貴志が頼んだ引っ越し業者がきて、あっという間に私の荷物が運ばれた。全部お任せで、私は梱包すらしていない。私物が少ないせいもあるのだろうけれど、それにしても速かった。

貴志の空いていた部屋にベッドとドレッサーが入る。彼は鍋類や食器をほとんど持っていなかったので、私の部屋に与えられた素敵な料理道具、食器を全て持ち込ませてもらった。大型家電で彼とダブるものやソファなどは、後日業者が引き取ってくれるらしい。もったいないけれど、彼が気にしないでいいと言うので従う。

「それ、見せて」

「あ、うん」

ソファの横に置いていた楽器のケースを持ち上げ、彼に渡した。

「たまに開けて手入れをするくらいで、全く吹いてないの」

ケースを開けた貴志は、私のトランペットをそっと取り上げた。ぴかぴかとまではいかないけれど、鈍い光も美しい。

「いや、いい状態だと思うよ。この前、僕が実家で見つけたのは、ちょっと吹くのをためらったもんな」

笑った貴志はマウスピースを手にした。

「吹いてみていい？」

「もちろん。あ、これ使って」

「ああ、ありがと」

ハンカチを差し出して拭いてから使ってもらう。

「お、出た」

息を出す練習はすぐにできた。次にトランペット本体を持った貴志が緊張気味に背筋を伸ばす。その姿勢を見た瞬間、私の胸がきゅんと痛くなった。ああ、この感じ。彼が一生懸命練習していた姿と重なる。努力家で真面目な憧れの彼の姿と――

突然、パーパパパー！　と音が弾けた。

「出た！」

自分でも驚いている貴志と顔を見合わせる。

「貴志すごい！　やっぱりまだ、しっかり感覚があるのね」

「いや、びっくりしたよ。絶対にもう無理だと思ってたからさ。寧々も吹いてごらん」

「私は……無理そう」

「いいから」

笑顔の貴志に手渡される。本当に何年振りだろうか。多分中学の頃から一度も吹いていないはず。覚悟を決めて唇をあてた。

「……んっ、んっ」

あ、ダメだ。と思った次の瞬間。パパパ！　と明るい音が飛び出した。

「嘘っ！　吹けた！」

「やるじゃないか、寧々」

「気持ちいい！　ね、今度防音室借りて吹いてみようよ」

「ああ、やろうやろう！　楽しみだな」

　またふたりで吹ける日がくるなんて夢みたいだ。嬉しくて、貴志の胸に飛び込んでしまった。彼も私を抱きしめて、嬉しそうに頬（ほお）や唇へ優しいキスをしてくれた。

　窓の外は秋晴れの空が広がっている。目の前にあるビルやマンションは十階にも満たないものばかりなので、本当に遠くまでよく見渡せた。楽器を片づけた私たちは、飲みかけのコーヒーに口をつける。

「いいお天気ね」

「ああ」

「この数か月、すごく慌（あわ）ただしかった」

「急がせてごめん」

「ううん、そうじゃなくて慌（あわ）ただしかったけど、すっごく楽しかったって意味。なんかね……ジェットコースターに乗っていた感じ？　貴志と再会して驚きの連続で、わーきゃー叫んで、気づいたらこの部屋にいた、みたいな」

「ははっ、そうかもね。僕だって寧々に再会しなかったら経験しなかったことがたくさんあるよ。船の貸し切りに花火に、この前泊まったスイートの部屋も、オーケストラのプレゼントも。全部楽しかったな」

　クスクスと笑って、ふたりでこの数か月を思い出した。

「貴志」

「ん？」

「今日から、よろしくお願いします」

「こちらこそ。でも……」

「なあに？」

「子どもができたら、ここじゃあ狭いな」

「せ、狭い？」

「マンションのほうが便利だとは思うけど、子どもを育てるなら庭付きの戸建てを柿の木坂か八雲あたりに買おうか。あの辺は静かな住宅街で環境がいい。駒沢公園が近いから、子どもを連れて遊びに行けるし、用賀が近くなって僕の両親が喜ぶだろうしね」

「ちょっと気が早くない？　まだ結婚もしてないのに子どもって」

「早くないよ。年内に結婚したいと言ったのは、冗談でも何でもないんだからね。当然結婚式もする」

「真面目に言ってるの？　だって今年はもうあと三か月もないよ？」

「僕は大真面目だけど？」

彼は澄ました顔でコーヒーを飲んでいる。プロポーズをされて、ご両親に紹介されて、結婚に向かうのは自然な流れだ。でも今は既に十月に入っているわけで……

不安に思ってその顔を見つめていると、彼がぼそりと言った。

「もう大体決まってるから心配しなくていいよ」

「決まってる？」

「実は……僕らの結婚式の披露宴会場はとっくに予約してあるんだ」

「えっ！」

「十一月の最終日曜日。季節的に一番いい頃にしたよ」

「ちょっ、えっ!?　本当に？　いつ予約したの!?」

「んー……寧々が僕とニセの恋人の契約をしてくれた、二、三日あとかな」

「え、えええーっ!?」

「ごめん。でも僕は、君が結婚していないと知った瞬間から君と結婚する気満々だったし、絶対に逃がさないと心に誓っていたからね。まぁ、もしフラれていたらキャンセルするしかなかったけど」

　今までで一番びっくりした。あうあうと口は動くのに、言葉が全く出てこない。

「場所は僕が決めてしまったけど、プランは全部寧々の好きにしていいよ。ウエディングドレスも、飾り付けも、進行も、何もかも好きなようにできるところだから、全部オーダーメイドにしてもかまわない。いくらかかってもいい。寧々の好きなだけ費用をかけよう」

深呼吸をしてまずは落ち着く。貴志がタブレットを持ってきて、私に見せた。

「挙式も同じ場所でできるんだ。ほら、ここだよ」

「わぁ素敵……!!」

すごくオシャレで可愛い！　大きな洋館を丸ごと会場にしたようなところだ。

「ここでもいい？　もし君が憧れていた場所があるなら変更する。海外でも、どこでもいいよ」

彼の気遣いを耳にしながらも、私の目はタブレットに釘付けだ。ひと目で気に入ってしまった。

「結婚式なんて考えたこともなかったから、憧れの場所とかそういうのはないの。この会場がいいと思って貴志が選んでくれたんでしょう？」

「うん、そうだね」

「だったらそこにする。とても素敵だし、あなたの選んだところがいい」

「本当にいいの？」

「いいんだけど、いいの？」

興奮のあまり、おかしな返答をしてしまった。

「いいから予約したんだよ。寧々が気に入ってくれてよかった」

貴志はホッとしたように笑っている。

まさか結婚式の会場まで予約済みだったとは。何もかも彼の手のひらの上で転がされていたってわけなのね。

「挙式は身内だけの予定だ。でも、君のことを紹介したい人はたくさんいる。だから寧々がよければ披露宴は立食パーティー的な……そういう気軽なものにしたいと思っている。寧々も自分の友だちを気がねなく呼んでほしい」

その言葉の中に貴志の優しさを見つけた。

「もしかして、私に気を使ってくれたの？」

私には両親がいない。祖父母もいない。呼べる親戚もいない。友人も多くはない。

「うーん……そういうわけじゃないと言ったら嘘になるけど、それだけじゃないよ。僕のほうも祖父や父の関係者を全て呼ぶとなると、着席で堅苦しいものは規模が大きすぎて、自分が全く楽しめない披露宴になってしまう。だったらもう気軽にたくさん呼んで、楽しく食べて飲んで、どこにでも座って、楽しめるようなものでいいと思ったんだ。だからそこは寧々が気にすることはないよ」

「うん、ありがとう」

貴志の優しい気持ちに触れるたびに、一緒にいることになってよかったと心から思う。ずっとこうして、彼のそばにいたい。

コーヒーテーブルにカップを置いた貴志が、私の肩をそっと抱いた。その胸にもたれかかって、彼の息遣いや体温を体に感じる。

「そうだ。寧々」

「ん？」

「部活の仲間も呼んでみようか？　同窓会を兼ねて」

「それ素敵ね……！　会える人がいたらいいな」

「声をかけてみよう。それから、新婚旅行も行こうね」

「お仕事は平気なの？」

「予定が立てば大丈夫だ。ちょうど年内の大きな取引は終了している。僕はこの七年間、長い休みを取ったことがないんだよ。それに、結婚するときだけはという暗黙の了解が神谷家にはあってね。その点は心配ない」

「それならよかった」

「楽しみだな」

仄かなコーヒーの香る貴志の唇が、同じように香る私の唇に重なった。ほろ苦い互いの舌を味わう。次第に深まるキスと彼の勢いに押されて、ソファの上に倒れかかった。

「……貴志」

よろける私を抱き起こしてくれた貴志が囁く。

「もう子ども作っちゃおうか」

「えっ」

どきんと心臓が鳴り、顔中が火照(ほて)った。私と貴志の、赤ちゃん……？

「あ、ごめん。まだ嫌だよな」

申し訳なさそうに顔を逸(そ)らした彼の耳元に口を近づける。今の気持ちを素直に言ってしまおう。

「私は、いつでもいいよ」

「本当に？」

「貴志の赤ちゃん、私もすごく欲しいと思うから」

貴志が驚くように目を見ひらいた。瞬(また)く間にその表情は笑顔へと変わる。

「今すぐ寧々を抱きたい。二階に行こう」「……うん」

手を取られて、ふたりで階段を上がった。

上りきったところで、てっきりベッドへ行くものだと思い、そちらへ足を向けるとはばまれた。

「貴志？」

「こっちだよ。おいで」

腕を掴(つか)まれた私は、リビングの吹き抜け側に連れていかれた。私の胸の高さまである透明な腰壁に押しつけられる。

「キスしよ」

「んっ」

舌を絡ませ、吸い合った。しばらくしてまた私の唇を舐めている。本当にこれが好きなのね……

「んっ、ふ、あ……」

「寧々」

ジーンズを穿いた私の脚の間に、彼が膝を割り込ませる。ぐいぐいと太腿を押し付けられながら、ブラウスをまさぐられた。耳にかかる貴志の息が荒い。彼の興奮が伝わると私の下腹も熱を帯び始める。私の腰からお尻を撫でていた貴志の手が、ジーンズのボタンにかけられた。ぐいと力をこめてはずされる。驚いた私は顔を上げて訴えた。

「えっ、ちょっと待って、ここで⁉」

「そ、ここで」

ジーンズの中へ手を滑り込ませた貴志は、器用にショーツの奥へと指を入れる。

「あっ、やっ、ん！」

腰を引いて逃れようとしても、大きな手のひらがそれを許してくれない。濡れ始めたそこを彼の指がいじり始める。ぴくんと腰を揺らして貴志にしがみついた。

「何か不満？」

彼の肩越しに青空が見える。腕の中でリビングの窓のほうを向くと、秋晴れの東京の景色がどこまでも広がっていた。下のほうに、ビルやマンションの屋上がある。距離はあるので、誰がいるかなどはわからない。

「だってこれ、外でしてるみた、んっ」

「開放感あっていいじゃない」

「でも、あっ、んっん」

ぐちゅぐちゅと音が聞こえ始め、貴志がからかうような表情で私の顔を覗(のぞ)き込む。

「寧々は見られるのが好きなんでしょ?」

「違うって言ってる、の、にっ」

軽井沢でも同じことを言われた。そうじゃないと頭の中で否定するのに、体はそれに反して悦(よろこ)びの蜜(みつ)を溢(あふ)れさせている。

「嘘吐(うそつ)きにはお仕置きだよ?」

「あ、やっぁ、ダメッ!」

指を引き抜いた彼は、私のジーンズをショーツごと下ろした。ブラウスの裾(すそ)が長めだったのでかろうじてお尻は隠されているが、あまりの恥ずかしさに身が縮(ちぢ)む。

「はい、そっち向いて」

「っ!」

貴志は私を腰壁のほうへ向かせた。お尻を突き出す形で縁を掴まされる。階下のリビングが目に飛び込み、その高さに一瞬眩暈がした。気を取られている間に、足先からジーンズとショーツを剥ぎ取られる。

「ひゃ、んっ、あぁっ」

いつの間にか貴志が私の蜜口に顔を押し付けていた。敏感な場所をぬるりと舌が這いずり回る。

「こんな、ところ、で、ダメ……」

縁にしがみついて、崩れ落ちそうな膝をどうにか保つ。ダメだと思えば思うほど快感が奥から昇ってくる。気持ちが、いい……

「そう言いながら、溢れて止まらないじゃないか」

「んぁっ……いじわる、しないでぇ」

「いじわるなんかじゃないよ、寧々が悦ぶことをしているだけ」

顔だけ振り返ると、貴志は膝立ちになって私のことを舐めているようだった。その様子に顔が火照り、慌てて視線を前へ戻す。彼は蜜の溢れ出る中心と周りの柔らかな肉、そして前のほうにも舌を這わせて粒を舌で転がした。

「おいしいよ、寧々」

舌舐めずりの音と同時に、ベルトの金属音が響く。まさか本当にここで……？

ベッドに行きたいという気持ちがどうでもよくなるほどに、もう我慢ができなくなっていた。この場所でしてみたい。彼のモノを今すぐ受け入れたいだなんて、いつから私、こんなにいやらしくなったんだろう……

「寧々、本当にいいんだね？　ゴムはつけないよ？」

「それは、いいんだけど」

「ありがとう、愛してるよ」

「私も愛してる、貴志。でもあの、やっぱりベッドに行っ、あうっ！」

突然後ろから打ち込まれて腰が砕けそうになる。大きな彼のモノが私のナカいっぱいを埋め尽くし、こすり上げた。その勢いで口の端から唾液が零れてしまった。

「はっ、あぁ、あ……」

「ここで……いいだろ？　寧々もしたかったんじゃないの、違う？」

心の中を読まれたことが恥ずかしいのに快感のほうが勝ってしまう。押されるたびに滴る蜜の量が、隠したい本心を露わにしていた。

「ほら、ちゃんと言わないと、上も脱がせるぞ」

「それは……嫌っ」

「じゃあ言って。どうして、あんなに、濡れていたの、か……くっ」

「あっ、んぁっ」

お尻を掴んでずんずんと突いてくる。綺麗な空が眩しい。清々しい健全さを前に喘ぐ自分たちが、普段よりもずっと淫らに思えてよけいに感じてしまう。

「ほら、早く」

ぐちゅぐちゅと硬い肉の棒で掻き回されて、気が遠くなりそうだった。もう、ダメ……！

「したかった、のっ、ここで、んっ」

「何が、したかったの？」

「……貴志の、欲しくなっちゃ、った、のっ」

背中に覆い被さるようにした貴志が、私の顎に指をかけ、顔を自分のほうへ向かせた。彼の瞳に捉えられる。貴志は私と目が合うと唇に笑みを刻み、低い声で囁いた。

「寧々、涙目になっちゃって、可愛いよ。合格だ……っ」

「あんっ、あっあっ、あぁっ！」

その体勢で最奥まで突かれる。湧き上がる悦楽に縛りつけられて身動きが取れない。

「ああ、いいよ、いい……寧々っ、寧々！」

「私、も、いいっ、ああ、んっ」

「寧々は僕のものだ、ずっと、一生……！」

はぁはぁと熱い息を漏らしながら、貴志がくぐもった声で私に告げる。

「一生、離さない」

「離さない、で……！」

このまま一緒に果てたい。ここで、このまま——

「愛してるよ、寧々、愛してる……！」

「私、もっ、愛してるっ、貴志っ、貴志……！」

「出すよ、寧々のナカに……っ、イク……っ！」

「出して、あっ、あ、いっちゃう、ううっ！」

絶頂が互いの体を大きく震わせた。足ががくがくと震え、立っているのが困難になる。気を失うかと思うほどの快感にさらわれそうな私のナカへ全てを吐き出した貴志が、自身をゆっくり引き抜いた。愛しい彼の白濁液が私の太腿に、つっと垂れる。

余韻に浸る間もなく貴志に連れられて、すぐ後ろのベッドに横たえられた。彼の手がゆっくりと私のブラウスのボタンをはずしていく。脚の間から彼の吐き出したモノが流れ出る。てっきりそれを拭ってくれると思ったのだけど……

「貴、志……？」

「次はここで」

あっという間にブラウスを脱がされ、ブラも剥ぎ取られた。なすがままにされながら問いかける。

「もう一回、するの……？」

「嫌？」

「ううん……でも、貴志は疲れない？」

「疲れないよ。もっと寧々に注ぎたいんだ」

　私を求めてくれる言葉が嬉しい。体中に気怠さは残っていても、私だってまだ彼と愛し合いたい。幸せな気持ちのままに貴志の首に両手を回した。彼の汗の匂いが、好き。

「僕もシャツ脱ぎたいから、ちょっと待って」

「ダメ。今ハグしてくれなきゃイヤ」

「何だよ寧々……急に甘えてきたりして。そんなに僕に襲ってほしいのか」

　黒く笑った貴志に、負けじと私も挑発的な笑みを返す。

「うん、襲ってほしいの。今すぐお願い」

「そこまで言うなら覚悟しなよ？」

「あんっ！」

　彼の両手が私の胸を鷲掴みにした。強く揉みながら先端を舐め始める。

「う……、あぁ！」

　ちゅうちゅうと吸い上げられたそこから、快感が広がった。貴志に何をされても、すぐにまた達しそうなほどに感じてしまう。貴志の感触をもっと欲しい。重なりたい。繋がっていたい。

感じる私をじっと見つめていた貴志が、素早くシャツを脱いだ。再び私へのしかかる彼は、私のナカへ指を挿れる。途端に、混ざり合うふたりの滴りがとろりと溢れ出した。

「あ、貴志の、零れちゃう」

せっかく取り込んだのに……。咄嗟に閉じようとした脚を、ぐいと掴まれた。私の両方の膝裏に手を置いた貴志は、その脚を思い切りひらかせる。

「えっ、あ！」

「またすぐ塞いであげ、るよ……っ」

貴志が口の端を上げて笑った。と同時に、ずん、と下腹に快楽の衝撃が走る。

「ひあ、ぁっ！」

溢れ出すそこをせき止めるごとく、彼のモノが私のナカへ一気に埋まった。

「あ、あ、あ」

いつの間に、またそんなに膨れ上がっていたの……？　そう聞きたいのに、ぱくぱくと口をひらくのが精いっぱいで、言葉にならない。息をするのも苦しいくらいの圧迫感だ。

「寧々……何でいつも、そんなにきついんだよ……あ」

貴志もまた苦しそうに私の耳元で吐息した。彼の両手が私の両手に重なり、指を絡ませる。うまく力の入らない手で握り返すと、彼が腰を振り始めた。

「あっ、あ、すご、いっ」

彼の動きに合わせて私も腰を浮かす。速さはどんどん増していく。貴志の頬に玉のような汗が流れ落ちた。顔を近づけて唇でそれをすると、貴志は嬉しそうに私の頬を舐めた。

「寧々と僕のが混ざって、すごい音だ」

緩やかな動きになったと思ったら、こすれ合うそこをわざとこね回すように抜き差ししてくる。ぐっちゅぐっちゅという音が恥ずかしくて、上に乗る彼をにらむように上目遣いで問いかけた。

「わざと、音、させてる、でしょ」

「こんなに愛し合ってるんだっていう音、寧々に聞かせたいから、ね……！」

「んっ、んうっ！　んんーっ‼」

唇を奪われながら、貴志のモノにがつがつと穿たれた。絡ませていた手を離した彼は、私の頬を押さえている。私の口中を貴志の舌が這い回り、ときに歯が合わさり、その裏側まで舐められた。荒々しいキスと互いの肌の香りが、恍惚の甘い夢へ何度でもいざなう。

「いいのか？　寧々」

「いい……っ！　も、壊れ、るっ……！」

「いいよほら、壊れちゃいな」

「あ、あぁっ！」

ぬめりを纏う屹立に最奥まで突かれ、底の知れない快感に襲われた。何度も何度も押し込まれ、彼の存在を塗りつけられて意識が飛びそうになる。

「一緒に、イこう、寧々」

「んっ、貴……志……っ！　イッちゃ、う、ううっ！」

「イクよ寧々……出る……！」

大きな波に呑まれながら背中を反らして彼にしがみつく。激しく腰を震わせたのは、彼と同時だった。身も心も焼きつくすような結びつきは、力を失いぐったりとした私たちに、この上ない幸福感を降らせた。

昼間から激しすぎ……

貴志の腕の中でゆったりとくつろぐ。ベッドの上に光が溢れて眩しい。抱きしめて、抱きしめられて、夢見心地でいる私に貴志が言った。

「大丈夫？」

「ん、大丈夫。気持ちよすぎちゃって……」

恥ずかしくて、照れ笑いしてしまった。そんな私に彼が自分の頬をすりつける。

「僕も。幸せすぎて怖いくらいだよ」

「私も、幸せ」

私のナカに彼の証（あか）しを取り込んだこと。それが幸福感を増幅させ、心も体も芯（しん）から満たされていた。

「寧々」

「ん？」

「一階に君のベッドを入れたけど、普段はこうして一緒に寝てくれる？」

「もちろんよ」

嬉しそうに頷（うなず）いた貴志が私の髪を優しく撫（な）でる。

「もう少し休んだら、行こうか」

「……どこに？」

「区役所」

「区役所？」

「婚姻届をもらいに行くんだよ。必要な書類も揃（そろ）えよう。君の住所変更も済ませないと」

「……え？　……えーっ！」

「せっかく寧々がここに越してきたんだ。一刻も早く籍を入れたい。証人は僕の両親に頼んである。もう待ちきれないんだ」

これ以上の驚きはないと思っていたのに、まだ上があったなんて……！　呆気（あっけ）に取られたあと、急に笑いが込み上げてきた。

「ふ、ふくく……」

「どうした？」

「だって、だってすごいんだもの、貴志って。ふふ、あはは！」

たった三か月の間に私の人生を百八十度変えてしまった彼の行動力に、私は何度驚きの声を上げただろう。初めて知る世界を次々に与えられた私は、そのたびに彼が両手を広げて待ち受ける、幸せの花畑に投げ出されるのだ。

「何事も、ものすごいハイペースなんだもん」

笑いの止まらない私に釣られて、彼も噴き出した。

「そんなに笑うことないじゃないか。僕までおかしくなってきただろ」

互いに体を揺らしてひとしきり笑ったあと、貴志が私を痛いくらいに抱きしめてきた。

「僕がこんなことをするのは寧々に対してだけだよ。君を捕まえて僕だけのものにしたい。その思いが僕を動かしているんだ。これでも真剣なんだよ？」

「うん、わかってる。貴志のそういうところも大好きなの。だからもう降参して、どこまでもついていくね」

「いい心がけだ。この先、まだまだ君を引っ張り回す予定なんだから覚悟しておいて」

彼の腕の中で顔を上げると視線が繋がった。クスリと微笑み合う、この瞬間が大好き。

「善は急げだ。シャワーを浴びて、着替えて行こう」

「うん！」

貴志の運転する車で区役所に向かう。晴れ渡る秋の空が綺麗だ。

「寧々はパスポート持ってる？」

「うん、一応。まだ期限は切れてないと思うけど」

「それはよかった。新婚旅行は海外に行こうと思っているんだ。結婚式が十一月の末だから……旅行はその前、十一月の頭がいい」

「えっ、あと一か月もないじゃない……！」

「そうだよ。心配しなくていい。君の休みは取ってある」

貴志は余裕の笑みを見せた。どこまでもついていくと言った手前、驚いてばかりもいられない。気を取り直して彼に訊ねる。

「どこに行く予定なの？」

「僕のプランとしては……ヨーロッパの古城を借り切って宿泊とか、プライベートアイランドで寧々を一日中独り占めにするとか、そんなところかな。オフシーズンだから、まだ余裕で空きがあるはずだ」

お城!?　プライベートアイランド!?

「どう？」

どうと言われましても。未経験どころか、そんなプランがあることすら知らなかった。

「素敵、だと思うんだけど、あとで調べてみてもいい？」

「もちろんだよ。家に帰ったら一緒に見よう。ああ、ヨーロッパだったら向こうでオーケストラを聴きにいくのもいいな」

「あ、それいい！」

「オペラも観ようか？」

「本当に⁉　観たい！」

「じゃあヨーロッパに決まりだな。今夜中にプランを練ろう」

急なことに戸惑ったけれど、オーケストラやオペラと聞いて居ても立ってもいられなくなった。貴志とまた一緒にコンサートへ行ける。それも外国で。

信号で停車した。ランチ帰りのＯＬやサラリーマンが前を通りすぎていく。

「古城を散歩して、おいしいものを食べて、オペラを観て、か。それならウィーンがいいな。オーケストラのコンサートがたくさんある。とにかく音楽ホールが素晴らしいんだ」

「ウィーン……！」

「行ったことある？」

「ううん。ないけど、いつか行ってみたい憧れの場所だった」

「よし！　それならウィーンに決定だ。さぁ、忙しくなるぞ」

「結婚式の準備もあるし、これからが大変……！」

期待に胸が高鳴り、頬が緩みっぱなしだ。

「引っ越したばかりなんだから、ひとりで頑張りすぎないようにね？　何でも僕に言うんだよ、寧々」

「うん。でもね、幸せのための準備だもの。忙しくてもきっと楽しくてたまらない」

そうか、と笑った貴志は、こちらを向いて私を見つめた。

「僕の幸せは、嬉しそうな寧々の顔を見ることかな」

「貴志……」

「結婚式の前に、寧々のご両親のところにも報告に行かないとね」

頭の中を記憶がよぎる。私の部屋へきて一番に、両親に挨拶してくれたことが。

「ねえ、もしかして、私の両親の遺影に手を合わせてくれたとき、報告って言ったのは」

「君とのことをきちんとさせて、ご両親を安心させたかったんだよ」

「そういう意味だったの。……ありがとう」

「当然じゃないか。寧々は僕の大切な人なんだから」

信号が青に変わり、車を発進させた。

「ウィーンに限らず、これからどこにでも連れていってあげる。僕のできる限りのことをして寧々の願いを叶えてあげる。僕の知っていることは何でも教えてあげるよ。だからその代わり」

「その代わり？」

「僕にも、寧々の知っていることを教えてほしい。君が思う心地いい音楽、好きな本、おススメの映画、よく行く買い物の場所、ひじきごはんの作り方……そういうの全部だよ」

「ふふ、わかった」

「ふたりでたくさんのものを見よう。遠くの空、知らない海、山奥の紅葉、川沿いに咲く桜、なんだっていい。寧々とたくさん共有していきたいんだ」

「素敵ね。私もそうしたい。ずっと一緒に知っていきたい」

「一緒だよ、ずっと」

どこまでも続く道の向こうに、澄んだ青い空が広がっている。

あなたと一緒ならきっと、この先の長い道のりの中で、たくさんの夢を叶えられる。

長い長い初恋を実らせることができたふたりになら、きっと。

私たちはその数日後に籍を入れて、互いに永遠の愛を心に誓うかけがえのない存在となった。

書き下ろし番外編

幸せの記念日

七月初旬。一年前と同じように、朝から弱い雨が降っている。

「気をつけてね、寧々」

「貴志も無理しないでね？　ここのところずっと忙しいんだし。今日も取引先に直行なんでしょう？」

玄関でお気に入りの傘を確かめた彼女が、見送る僕を振り仰(あお)いだ。春にプレゼントした白いブラウスにカーディガンを羽織(はお)り、爽(さわ)やかな水色のスカートを穿(は)いている。

「ああ、大丈夫だよ。行ってらっしゃい」

「んっ」

心配そうな顔をする寧々を引き寄せ、唇に軽いキスをした。未だに照れる寧々の表情に満足しながら、彼女を見送る。

「さて、と。まず家の中を綺麗にして、掃除が終わったら買い出しだ」

僕はシャツの袖をまくり、急いでリビングに戻った。

僕と寧々は去年の十一月下旬に結婚式を挙げた。たくさんの人々に祝福されたあのとき、嬉しそうに涙を零(こぼ)す寧々の横顔を見た僕は、彼女を探し出したことは間違いではなかったと確信した。

だが、あの頃の自分を思い出すたびに変な笑いが込み上げてくる。あまりにも僕に余裕がなさすぎたからだ。

プロポーズして早々に寧々を両親に会わせ、僕の部屋に引っ越しさせ、すぐさま婚姻届を出した。結婚式場はとっくに押さえており、有無を言わせない勢いで新婚旅行先の希望を寧々に訊(たず)ねた。それを聞いた彼女の呆けた表情を、今も鮮明に覚えている。若干、引かれていたかもしれない。

寧々を僕のもとに置いて二度と離さないようにするために、躍起(やっき)になっていたのだ。僕の切望は叶(かな)い、あれから寧々は僕のそばで、僕の妻として、毎日笑顔を見せてくれている。

そして今日は寧々の三十回目の誕生日であり、僕らが再会した記念日だ。

どんなお祝いにしようか考えあぐねた結果、僕が夕食を用意して寧々を祝うことにした。寧々がいない間に僕が夕食を作れば、それだけでサプライズになる。ついでに掃除や片づけもする。もちろんこれらは彼女に秘密。取引先に直行というのも嘘だ。

プレゼントは他にもある。今度ふたりの休日に買い物へ出て、彼女の欲しいものを何でも買ってあげる予定だ。とはいえ、いつも通り、遠慮する寧々に僕が強引に押しつける形になりそうだが。

洗濯物はフロントのクリーニングに出しているので問題ない。あとで僕が取りに行けばいい。食洗器の中にある食器は乾いたら取り出して片づける。

家の掃除は週一でハウスキーパーを頼んでいるのだが、普段は寧々がマメに動いてそこらじゅうを綺麗にしてくれる。仕事に忙殺されている僕のために、居心地のいい部屋にしたいと寧々はいつも言っていた。だから今日は、僕が寧々のために居心地のいい空間を作る。彼女の驚いた顔を想像するだけでワクワクした。

順調に掃除機をかけている最中にスマホが鳴る。秘書の吉川からだ。

「はい。どうした？」

「お休みのところを申し訳ありません。昨日、専務が私にご相談いただいた、メイン料理の肉を扱う店ですが」

「ああ、そうだったな」

「専務のマンションからすぐの場所にありました。スマートフォンに情報をお送りいたしますが、よろしいでしょうか」

「ありがとう。頼むよ」

「評判はよいようです。ネットの口コミだけではなく、独自に聞き込みもしました」

「それはすごいな、期待してるよ」

「間違いないかと。それでは失礼いたします」

普段通りの淡々とした挨拶(あいさつ)のあと、彼はすぐに店の場所と、聞き込み調査の結果を送ってくれた。店構(がま)えや陳列された肉の画像もある。

「うん、いい感じじゃないか。寧々もきっと喜ぶ」

しっかり者で倹約家の寧々は、自分から贅沢(ぜいたく)を望むことはしない。僕のお金を使うことに未だに抵抗があるようだ。だが、僕が作るとなれば喜んでくれるだろう。

外はじめじめとした陽気で、不快さが増していた。灰色の雲が垂れ下がり、弱い雨を降らせ続けている。

「まぁ、あのときよりはマシか」

寧々を探し歩いたときを思い出し、思わず口元が緩(ゆる)む。

彼女が働いていた音楽雑貨の店。そこが突然閉店となり、社長と連絡がつかなくなった。何年も探し続けた寧々を音楽ホールで偶然見つけ、彼女を自分のもとに置く手はずが整った矢先のことだ。

焦った僕はどうにか仕事を抜け出し、彼女を見すごしてしまわないよう、車ではなく電車に飛び乗った。朝から降っていた弱い雨が次第に強くなる。音楽雑貨店に着くも彼女はおらず、給料を受け取って家に帰ったと聞いた。

僕は、ますますひどくなる雨の中を走り、再び電車に乗って寧々の住む駅で降り、彼女のアパートへ。だがまたもすれ違い……、土砂降りの中、ようやく彼女に出会えたのだ。

僕とぶつかってスマートフォンを水たまりに落とした寧々は、落胆のあまり顔を歪ませ、涙を零した。僕はその様子をじっと見つめ、高鳴る胸の鼓動に支配されていた。

寧々が、いる。あんなにも恋焦がれ、探し続けた女性が目の前に……

そう思うと、彼女に渡そうとハンカチを掴んだ手が震えて止まらない。彼女の前にしゃがみ、近くで顔を見る。

中学生の僕が、初めて恋した人。今もなお、僕の心を占めている寧々がこちらを見つめていた。記憶の中の幼さは消えていたが、華奢な体と強い意志を持つ大きな瞳は変わっていない。

僕はあのとき、心の中で必死に言葉を紡いでいたんだよ、寧々。君に会いたかった。会いたくてたまらなかった。そして僕の気持ちを伝えたい。ずっとずっと、好きで忘れられなかったんだと……

「カプレーゼ用のトマト、チーズ、ベビーサラダ……、チーズは家にあったな」

麻布にある自宅マンションからほど近いスーパーに入った僕は、メモを見ながら食材を集めた。ここは珍しい調味料や海外の食材も多く取り揃えてある店で、たまの休日に寧々と一緒に来てショッピングを楽しんでいる。

今夜のメニューは僕でも作れそうなイタリアン系のレシピを選んだ。僕らが再会した日に誘った昼食もイタリアンだった。

僕は家でコーヒーを淹れたり、スープを温めるくらいのことは普段からしているが、料理はさっぱりだ。だが、上手にできる確信はある。僕は目の前でシェフが腕を振るうイタリアンの店で、何度もその様子を見ている。あれを思い出せばどうにかなる、はずだ。

僕は鼻歌を歌いながらカゴに品物を入れ、レジで会計を済ませた。あとはメインの肉を専門店で手に入れれば終了だ。

「あ……」

スーパーの外に出た僕は思わず声を漏らした。雨は上がり、空に大きな虹がかかっている。雲の切れ間から青空が覗いていた。何かいいことが起きそうな、そんな予感がする。

マンションに帰り、スーパーで適当に買ったおにぎりを口に入れた。寧々が作るおにぎりが最高なのだが、これはこれでうまい。食べながら確認をする。

「デザートはティラミスだろ、あとは……ワインか！　忘れてた」

急いでワインセラーの前に立ち、中を覗き込む。寧々が好きだと言っていた白ワインは残り一本だ。安堵した僕はおにぎりの残りを口に入れて、キッチンに立つ。早速ニョッキに絡めるソースを作ってみるも、おいしくない。

「う、まずい。失敗したか……？」

料理をすると決めたはいいが、事前に練習はしていなかった。新しいプロジェクトに追われ、海外出張なども含めて忙しすぎたのもある。脳内でシェフの仕事ぶりを思い出しながらシミュレーションを十分すぎるほどしていても、無理があったのか。

今さらくよくよしても仕方がない。諦めずにやるしかないだろう。時間はある。

「……こんなもんか。何度も味見しすぎて、うまいのかまずいのか……」

二回も作り直したのだが、わけがわからなくなってきた。最新の調理器具やオーブンを使っても、結局は料理する人の腕が大事なのだと痛感した。

その後も汗を掻きつつ準備を進めた僕は、最終確認をする。

「肉はオーブンに入れた。スープはこれでよし。サラダのドレッシングもできてる。不格好だがティラミスは冷蔵庫に入れたし、カプレーゼのブルスケッタもオーケー……トマト切るの忘れてた！　肉用のソースはどうしたんだっけ？　あ、作ったたつもりでいた！」

頭を抱えたとき、玄関ドアのひらく音がした。

「うおっ！　もう帰ってきたのか！」

「ただいまー。貴志、帰ってるの？」

玄関から寧々の声が届く。時計を見るといつの間にか六時をすぎていた。僕は顔を引きつらせたまま、エプロンを引っ剥がす。

とりあえずキッチンのバタバタを見せるわけにはいかない。僕は何食わぬ顔で玄関に出向いた。

「お帰り、寧々」

「早かったのね、珍しい」

「ああ、今日はちょっとね」

笑顔の寧々に僕も微笑んで返す。寧々は顔を上げて鼻をくんくんとさせた。

「なんかいい匂いがする」

ぎくりとする僕にかまわず、寧々は靴を脱いで廊下に上がった。

「ねえ、寧々」

「なあに？」

「ちょっとさ、手を洗ったら、そっちの部屋で待機しててもらってもいいかな？」

幸いなことに、寧々の部屋はリビングを通らない場所にある。キッチンの様子も知られる恐れはない。

「どうして？」

「どうしてって……」

口ごもる僕に、寧々がクスッと笑う。その笑顔を見た僕の胸が、余計にドキドキと音を立てた。いつも可愛い寧々だが、今夜はなぜか特別綺麗に見える。

「冗談だってば。貴志の言う通り、部屋で待ってるね」

「ごめん。わけはあとで話すよ」

わかった、と言って目の前を通りすぎた寧々の香りが、容赦なく僕を誘惑した。ああ、今すぐ君を抱きしめて祝いの言葉を捧げたいのに。

……などと浸っている場合ではない。僕は寧々が洗面所に入ったと同時に、急いでキッチンへ戻った。


どうにかこうにか体裁を整えることができた僕は、寧々を迎えに行き、セッティングを終えたテーブルに着かせた。彼女が帰ってから既に一時間が経過している。

「寧々、誕生日おめでとう。待たせてごめん」

「す、ごーい……！」

目を丸くしてテーブルに並んだ料理をしげしげと見つめた寧々は、僕に視線を向けた。

「もしかして全部、貴志の手作りなの？」

「まぁね。君の誕生日と、僕らが再会した記念日でもあったから、休みを取って準備したんだ。けど、難しいね、料理を作るっていうのは」

苦笑いする僕に、寧々が満面の笑みを見せてくれる。

「最高の誕生日プレゼントだよ。ありがとう、すごく嬉しい……！」

「おっ」

立ち上がった寧々が僕に抱きつき、頬にキスをした。柔らかい感触が僕の胸を熱くする。僕も彼女の頬にキスを返した。喜んでもらえたのは嬉しい。しかし、肝心の味を気に入ってもらえるだろうかと不安がよぎる。

「ワインは寧々の好きなこれでいい？　シャンパンもあるよ」

僕は用意したワインを寧々に見せた。

「ん～と、今夜は炭酸水にしようかな」

「調子悪いの？」

「ううん。でも今夜はやめておこうかなって。貴志は気にせず飲んでね」

「いや、それなら僕も同じがいい」

笑った寧々を座らせ、僕は冷蔵庫に炭酸水を取りに行く。いつもなら僕と一緒に晩酌をするのに、どうしたのだろう。

「おいしい〜！」

炭酸水で乾杯をしたあと、カプレーゼを口にした寧々の第一声だ。

「……本当に？　僕に気を使ってない？」

「本当に本当！　気なんて使ってないよ。とってもおいしい！」

満足げに笑った寧々はサラダを口に頬張った。次は温めたスープ、熱々のバジルソースをかけたニョッキ、と寧々の食べっぷりに見入ってしまう。再会した日もそうだった。おいしそうな彼女の表情にくぎ付けになるのは、僕だって変わらない。今もまた、寧々の笑顔に救われている。

オーブンで焼いたメインの牛フィレ肉をふたりで味わった。急いだ割にソースはなかなかうまくできたんじゃないか？　寧々もおいしそうに食べてくれてホッとする。

「どうもありがとう。素敵なプレゼント、とても嬉しかった」

「お粗末様。寧々が何でもおいしいって言ってくれるから、少し自信がついたよ」

「本当においしかったんだもの。大変だったでしょう？　お疲れ様でした」

寧々の言葉をもらった僕の胸がじんわりと温かくなる。

デザートのティラミスはリビングのソファで食べることにした。コーヒーテーブルに用意する。

「あのね、私も……貴志を幸せにしてあげられるかもしれない報告があるの」

「楽しみだな。何だろう？」

「当ててみて」

僕の隣に座る寧々が、小首をかしげて微笑んだ。今すぐに押し倒したくなるくらい可愛くて困る。だからつい、本音が口から零れた。

「一日中、僕とふたりっきりになれる、いい旅行先を見つけたとか？」

「旅行先はいつもふたりじゃない」

コーヒーを飲んだ寧々が、クスクスと笑う。

「一日中ふたりっきり、ってこと。誰もこないところでずーっとふたりで……ああ、今度無人島に行こうよ。一日に数回、スタッフがボートに乗って食事の用意をしてくれるんだ。あとの時間は寧々と僕だけ。いいだろ？」

「それは素敵だけど、とにかくその答えはハズレ」

「……ん～、わからない。降参だよ」

ソファの背に、どさりともたれる。すると、寧々は僕の顔を見つめながら自分のお腹を撫でた。

「私もプレゼントがあるの、ここに」

「ここって、ブラウス？　内ポケットでもついてるの？」

僕の問いに寧々が首を横に振る。

「ポケットはついてないよ」

「いじわるしないで教えてくれよ、寧々。僕がクイズ苦手なの知ってるだろ?」

「クイズ番組で私の答えが当たると、貴志はむくれてるもんね」

　ティラミスをひと口食べた寧々は、これもおいしいと言って目を輝かせた。

「むくれてるか？」

「むくれてるよー。子どもみたいで可愛いの」

「言ったな？」

「あっ」

　寧々の皿を取り上げてコーヒーテーブルに置き、彼女を僕の胸に引き寄せた。

「早く教えてよ、寧々」

「貴志って、案外鈍いのね」

「鈍いのは寧々だろ。あんなにアプローチしてたのに、全く気づいてなかったくせに」

　そうね、と笑った寧々が、続けて小さく呟いた。

「ここに、貴志の赤ちゃんが、いるって」

「え？」

「私たちの赤ちゃんがお腹にいるの」

「……え、ええっ！」

おかしな声を出しながら頭の中で反芻する。寧々のお腹に僕の――

「本当は今日、午前中に休みをいただいて病院に行ってきたの。お腹のエコーを撮ってもらったんだ。これが『胎のう』で、中に小さく見えるのが赤ちゃんなんだって」

寧々が差し出した紙のエコー画像を一緒に見る。

「ひとりで行ってきちゃってごめんね。もし違ったら、がっかりさせちゃうかと思って」

「僕はがっかりなんてしない。でも、そういうところが寧々らしくて、優しくて……っ！」

湧き上がる感情とともに、思わず寧々を抱きしめた。壊れないように、そっと。

「た、貴志？」

「すぐにでも寧々との子どもが欲しいと思ってた。でも、情けないな。いざこうなってみると、ちゃんと父親になれるのか……不安だ」

「うん、私も不安だよ。でも大丈夫。私も初めて、あなたも初めて。赤ちゃんだって初めてなんだもの。みんな不安だけど、初めて同士、頑張ろう」

顔を上げた寧々の表情はもう、母親の顔をしている。彼女自身が一番不安だろうに、何を情けないことを言っているんだ、僕は。

「ああ、頑張ろう。僕を頼って、とにかく大事にしてくれ。僕もできる限りのことはする。育児の勉強もする。僕がいないときはシッターを頼もう。母にきてもらってもいい」

「ありがとう、貴志。それで私ね、仕事は辞めようと思ってる。前から思ってたんだけど……、ごめんなさい」

「何で寧々が謝るの」

「だって、あのお店は」

寧々が目を伏せた。彼女の気遣いにこちらの胸が痛くなる。

「確かに、あそこは君を引き入れるために作った店だ。でも今はたくさんの人が教室に通い、楽器店の売り上げも好調だ。だから気にすることはないんだよ。それよりも僕は寧々の気持ちのほうが気になる。好きな仕事なんだろ？　辞めてもいいのか？」

「うん、好きよ。でも私は神谷家に入ったんだもの。あなたとの子どもを育てることに専念したいの。お母様に神谷家のことをいろいろ教わって、あなたと子どもを守っていきたいから」

心強い寧々の言葉と、強い意志を持つ瞳が僕を感動させた。昔から君は変わらない。吹奏楽部にいた君を好きになった、あのときから、ずっと。

「ありがとう、寧々。僕を幸せにしてくれて」

「それは私のセリフよ。ありがとう、貴志。私にたくさんの幸せをくれて」

お互い微笑んで、そっと抱きしめ合った。

ふたりで眺める窓越しの夜空は雲ひとつなく、雨露に濡れた遠くの明かりがいつにも増してきらめいている。寧々の体に宿った命にも小さな光を感じた。僕が守りたいものがまたひとつ、増えたのだ。こんなにも幸せなことが他にあるだろうか？

輝かしい夏が僕らの前に現れるのは、もう、間もなくだ。

ある日突然、祖母の遺言により許嫁ができた一葉（かずは）。しかもその許嫁というのは、苦手な鬼上司・克（かつみ）だった！　一葉は断ろうとするも言いくるめられ、なぜか克の家で泊まり込みの花嫁修業をすることになってしまう。ところが、いざ同居生活が始まると、会社ではいつも厳しい克の態度が豹変！　ひたすら甘〜く迫ってきて――!?

B6判　定価：本体640円＋税　ISBN 978-4-434-25438-3

金曜日はピアノ
葉嶋ナノハ
Nanoha Hashima
第5回
アルファポリス
「恋愛小説大賞」
大賞受賞作品
胸をかきむしって
号泣したくなる、
珠玉の恋愛小説——
電車に揺られている私の膝の上には、
楽譜が入ったキャンバストート。
懐かしい旋律を奏でる彼の指が、
私へたくさんのことを教えてくれる。
雨の日に出逢った先生のもとへ通うのは、
週に一度の金曜日。
哀しく甘い、二人だけのレッスン。
文庫判　定価：620円+税　Illustration：ハルカゼ
金曜日はピアノ
葉嶋ナノハ
胸をかきむしって
号泣したくなる、
珠玉の恋愛小説——

恋愛小説「エタニティブックス」の人気作を漫画化！
EC
Eternity COMICS
ヤンデレ王子の逃げ腰シンデレラ
Yandereouji no Nigegoshi Cinderella
その時は監禁でもしますよ
すごいトロトロで柔らかい
あったかくてぬるぬるして僕に一生懸命吸い付いてくる
寿々ちゃんが咥えたものなら歯ブラシでもリコーダーでもなんでも大歓迎です
どういうこと!?
漫画 ミユキ Miyuki
原作 柳月ほたる Hotaru Ryugetsu
地味OLの寿々(すず)は、優しくて超美形の完璧上司・芹沢(せりざわ)に片思い中。だけど、密かに想うだけの日々を送っていた。ところがある日、寿々が捨てたストローを芹沢が収集しているところを目撃！ドン引きの寿々だったけど、彼に「ずっと好きだった、愛ゆえの行動だった」と衝撃の告白を受けて……!?
B6判　定価：本体640円＋税　ISBN 978-4-434-26016-2
愛されすぎて監禁寸前!?
エタニティCOMICS

エタニティ文庫

イケメン上司は危ない性癖!?

エタニティ文庫・赤

ヤンデレ王子の逃げ腰シンデレラ

柳月ほたる　　装丁イラスト／南国ばなな

文庫本／定価：本体 640 円＋税

地味ＯＬの寿々は上司の芹沢に片想い中。優しくて超美形の彼だけど……実は、寿々が捨てたストローを秘かに収集していた！　ドン引きして逃げ出そうとした彼女に、彼はずっと好きだったと告白。寿々がついほだされると次の瞬間に捕獲され、半強制的に溺愛ライフに突入して!?

※エタニティブックスは大人の女性のための恋愛小説レーベルです。ロゴマークの色で性描写の有無を判断することができます（赤・一定以上の性描写あり、ロゼ・性描写あり、白・性描写なし）。

詳しくは公式サイトにてご確認ください。
http://www.eternity-books.com/

携帯サイトはこちらから！

結婚相談所が実家の梓沙(あずさ)。彼女は親に頼まれ“サクラ”として、とある婚活パーティに参加。そこでひとりの参加者に口説かれ、一夜を共にしてしまう…! 行きずりの関係を後悔したまま翌週、会社に出社すると、突然の部署異動を言いわたされた。戸惑いながらも、新部署に行ってみると、なんと、新しい上司はあの夜の彼で……!?

B6判 定価:本体640円+税 ISBN 978-4-434-25922-7

本書は、2016年8月当社より単行本として刊行されたものを文庫化したものです。


この作品に対する皆様のご意見・ご感想をお待ちしております。

おハガキ・お手紙は以下の宛先にお送りください。

【宛先】

〒150-6005 東京都渋谷区恵比寿4-20-3 恵比寿ｶﾞｰﾃﾞﾝﾌﾟﾚｲｽﾀﾜｰ 5F
（株）アルファポリス　書籍感想係

メールフォームでのご意見・ご感想は右のQRコードから、
あるいは以下のワードで検索をかけてください。

ご感想はこちらから

エタニティ文庫

迷走★ハニーデイズ

葉嶋ナノハ

2019年7月15日初版発行

文庫編集－熊澤菜々子・宮田可南子
編集長－太田鉄平
発行者－梶本雄介
発行所－株式会社アルファポリス
〒150-6005 東京都渋谷区恵比寿4-20-3 恵比寿ｶﾞｰﾃﾞﾝﾌﾟﾚｲｽﾀﾜｰ5F
TEL 03-6277-1601（営業）　03-6277-1602（編集）
URL http://www.alphapolis.co.jp/
発売元－株式会社星雲社
〒112-0005 東京都文京区水道1-3-30
TEL 03-3868-3275
装丁イラスト－架月七瀬
装丁デザイン－ansyyqdesign
印刷－中央精版印刷株式会社

価格はカバーに表示されてあります。

落丁乱丁の場合はアルファポリスまでご連絡ください。

送料は小社負担でお取り替えします。


ISBN978-4-434-26169-5 C0193